GOAL！敗部復活

古永信 著

GOAL！敗部復活
作者／古永信
總編輯／黃幗坤
策劃編輯／周淑屏
美術設計／Eye Design
插圖／廖慧敏
出版發行／突破出版社
香港沙田亞公角山路33號突破青年村
電話：2632 0000　傳真：2632 0388
電郵：breakthrough@breakthrough.org.hk
網址：http://www.breakthrough.org.hk
http://www.btproduct.com
承印／海洋印務
2015年7月初版1刷

Goal 2
by Koo Wing-shun
First Printing, First Edition, July 2015

Printed in Hong Kong
ISBN 978-988-8246-71-7

本書採用環保油墨印刷

成長文學

目錄

楔子：夢想有沒有「賞味期限」？

在我們的社會，夢想好像有「賞味期限」—— 年輕人講夢想，是理所當然；可是一旦成年過後，夢想往往變得易霉易臭。期限一到，你就要向現實低頭，否則就是幼稚不成熟。

包括你眼中的父母，今日可能只是埋首於工作，專注於股票指數的升跌，滿口都在講實際講前途……但你可知道，他們也許曾有過不少熱血的夢想？

1983 年，日本漫畫家高橋陽一發表了一個對後來二、三十年的男生影響深遠的故事 ——《足球小將》。一羣十一、十二歲、對足球有着非一般狂熱的小男孩，為了實現夢想，他們奮勇作戰，克服重重困難，開創出屬於自己的精彩足球人生。可是若果相同的故事發生在香港呢？卻注定會成為「敗部」—— 皆因即使球技再厲害，也難以戰勝沉重的讀書壓力、父母的期望，還有社會對成功的單一定義……事實上，如果你是《足球小將》的粉絲，不難發現本故事中的角色如戴志偉、麥泰萊、盧比度、邵志強、林源生、洪健威、桑杉純等的名字和背景似曾相識，你或可當成那套經典足球漫畫的後續故事來看：一班 30 多年前的足球天才，到今天已成為 40 多歲的中年大叔，如果他們活在我城之中，現在生活好嗎？若果你看畢後，覺得這個故事會摧毀了你的童年回憶，令這些曾經在你心目中的偶像，淪為因現實種種而放棄理想的「足球敗部」，很抱歉，只因我們的社會有時真的如斯無情。

當然，若果你是對《足球小將》並沒有半點印象的年輕人，那麼你便可以順着故事主人翁戴元峰的角度出發，與他一起隔着「代溝」，從不解大叔們為何總喜歡自吹自擂，到漸漸明白他們成長路上，對夢想的堅持與錯失，最後更與父親一起重新追逐壓抑多年的足球夢，誓要「敗部復活」。你會發現，原來這樣的故事也很熱血，而且更添幾分溫情。

究竟夢想有沒有「賞味期限」？戴志偉和戴元峰兩父子會告訴你，即使夢想看似過期，只要你願意嘗試啖一口，也可能是甘之如飴！

第一章　敗部復活

在「最後派對」中，
一眾足球小將在戰友的遺容上，
「瞻仰」到自己遺忘多年的夢想，
逆戰衰敗的身體，
誓要「敗部復活」！

1. 悼

在靈堂前，兩根粗大的白蠟燭，燃燒起縷縷輕煙，在「英年早逝」四個大字前消散於無有。元峰望着堂前正中央那張眼熟的相片：40 多歲，臉龐呈中年發脹，彎出自信而親切的笑容。他又瞟向靈前那幾位身穿黑麻衣的家屬，空洞的眼神把視線定焦在空氣中……那死寂的氣氛，那混和着鮮花與煙屑的靈堂氣味，令元峰坐立不安。

「唉，估不到桑杉純最後還是敵不過心臟病……」元峰身旁的爸爸志偉呆望着那張遺照，喟然嘆道。

「哦？桑 uncle 之前也患過心臟病嗎？」在這嚴肅的環境中，元峰盡量壓低嗓門，以免搞擾別人悼念的心情。

「中學時候了，當時學界比賽，我代表東華三院南角書院，桑杉純是佛教無藏中學的代表。他明知自己患有心臟病，仍堅持跟我對戰。我本不想跟他硬碰，但桑杉純卻咬牙切齒跟我說：『若你不出盡全力，即是看不起我！我不需要你的憐憫，我只需要痛痛快快的一場決戰！』就這樣，我跟他踢了一場至今仍無法忘懷的比賽……」志偉說時顯然已沉醉在已褪色的回憶世界裏，彷彿已忘記自己正身處在人家的喪禮中。

「沒錯，這場比賽即使過二十多年我也沒法忘記。」坐在頭排的麥泰萊別過臉來搭訕。

「哎呀，舅父，畢竟現在是人家的喪禮，這些閒話待會才說吧……」元峰沒好氣的說。

殊不知泰萊卻冷笑一聲說：「嘿！怕什麼？桑杉純生前常說最緬懷小時候踢校際賽的往事，還說希望約大家好好再踢一場波。我們在桑杉純靈前談談踢球舊事，才是他最喜歡的送別儀式！」

元峰沒接上話，只是報以一記無聲的苦笑。

「你知道嘛，峰，我跟你阿爸不僅都在同一間中、小學讀書，還一起代表南角比賽！」泰萊繼續興致勃勃的說。

「哦……是嗎？」元峰並沒有多大的興趣，只是敷衍應道：「但說來奇怪，我從未聽過南角書院和無藏中學！」

「它們在十多年前已被『殺校』了，你當然沒聽過。」志偉解釋。

此時坐在泰萊旁的一名大叔亦轉個頭來說：「志偉，他就是你兒子嗎？你沒將以前的威水史告訴他麼？」

志偉還沒有回話，突然又有一隻手搭在元峰的肩頭上，眼睛卻朝向剛才說話的大叔：「唉，林源生，你別食古不化啦！這些舊事，新一代又怎會有興趣知道？」

「喂，良仔，這樣說可大錯特錯了！不是我說得誇張，雖然只是一場學界比賽，但當時球場不僅座無虛設，而且大會更安排何老靜來評述比賽！」皮膚粗黑、一頭凌亂發黃短髮像皮蛋的林源生這樣一說，便立時引起附近幾位大叔喋喋不休起來，霎那間回到二、三十年前的世界……

「那天是全港學界足球四強賽，天氣特別好，回憶中的一片蔚藍天空是今天難以看到的。球賽在當年還未改建的香港大球場舉行，雖然只有一萬二千八百個座位，而且設施殘舊，草地質素又差，但就是有着一種獨特的氣氛。我現在還記得在球場奔跑時所揚起的泥土味和草腥味，真的叫人懷念……」

「你沒事嘛……」志偉望着不時抓着胸膛、面呈鐵青的桑杉純，見他突然單膝跪下，便想伸手攙扶他。

殊不知桑杉純沒領這好意，還使勁地撥開志偉的友誼之手說：「你幹嗎？為什麼不出盡全力！」

志偉一怔：「但你的心臟……」

桑杉純抬頭瞪眼說：「是誰告訴你？我不需要你的同情！出盡全力吧！讓我可以痛痛快快踢罷最後一場比賽！」

「最後一場？」志偉狐疑。

「對！踢罷這場比賽後，我會立刻做手術，即使成功了，我以後亦不可能再踢球……」桑杉純緊握拳頭，眼神表現出倔強和不甘心。

志偉頓了頓：「嗯，我明白了，我們也盡全力吧！但如發覺有什麼異樣，不要勉強！」

聽到志偉這麼說，桑杉純終於露出興奮的笑容，輕輕拍了拍他的肩頭應道：「謝謝你，不過這場比賽要是你落敗了的話，決賽才是我真正最後一場比賽！」

志偉聽罷亦隨即以充滿鬥志的眼神回敬：「你放心，為了你的健康着想，今日肯定是你的最後一仗！」

雖然桑杉純總覺得心臟每躍動一下都特別沉重，但他的盤球依然流麗、走位如常靈動，除志偉之外，南角隊每個球員都恍若化身成「雪糕筒」，被桑杉純一晃即過，只留下對手如夢初醒的惘然眼神，結果把守最後一關、南角隊孤獨的門將黃琛奇自然難逃「毒手」，被桑杉純射成一比零。

不過志偉並沒有「食言」，他亦真的全力應戰。在黃金拍擋泰萊協助下，這次攻勢輪到對方的防線像街上的垃圾桶般，呆呆的佇立着任由二人在中間穿梭。憑着志偉衝擊力十足的勁射（對初中學生來說），以及躍起離地兩呎不到的「倒掛金勾」，令南角隊反超前無藏書院二比一。

「果然厲害……」就在戰況最激烈的時候，桑杉純竟如漫畫的主角般，泛起誇讚對手的雅興。

「嘿！你也不弱呢！」志偉說。

「不過你別以為這樣便贏定了，我還有絕招未使出！」

「是真的嗎？我也有！」志偉不服輸的反駁。

「你也有？」

「嗯！雖然跌打師傅告訴我，不要再使用『衝力射球』，但大概還只可以多使用三次！我就把這三次全留給你吧……」

「三次？是怎樣計算出來？跌打師傅竟然能這麼科學化診斷出來？」元峰這不識趣的提問，霎那間把志偉拉回現實中。

「我怎知道！他就是這麼說嘛！別因一些無謂枝節打岔！」志偉不耐煩地打發掉元峰的疑問，又繼續返回那微黃的回憶世界……

「好！就讓我們繼續在場上一決高下！」桑杉純見志偉如此自信，也不敢怠慢，草草完結這次恭維的對話後，便立刻將精神投放回球賽上。

比賽繼續，雙方入球有如梅花間竹，桑杉純雖然再憑一己之力追平，但志偉亦送上一記美妙的助攻讓泰萊建功，令南角再次反先。然而在桑杉純的一傳一射下，無藏隊竟將比分改寫成四比三，而泰萊完場前的頭槌攻門破網，又及時把南角從出局邊緣拯救過來。正當誰也以為這場比賽打和之際，志偉引着皮球逢人過人，直插入無藏的陣地，唯有當桑杉純擋在前頭，才能勒停志偉前進的步伐 —— 二人像跳探戈一樣的對峙，志偉往左一晃，杉純亦不怠慢往左挨；志偉之後連使假腳虛招，杉純亦沒上當。眼見敵方球員已經逼近，志偉一時不知如何是好……「志偉 —— 」突然遠處傳來一聲喊叫。一看，原來是泰萊正沿着邊線高速疾走，杉純稍一分神，就讓志偉從杉純嚴密的監視下找到罅隙，突然一下子引球變速疾走。桑杉純暗叫一聲糟糕，立刻起動要追，可是身體卻像遭到電殛似的，精神與肉體在片刻間失去了聯繫 ——

「是心臟病發嗎？我會就此死掉嗎？」桑杉純按着胸口，遠遠的望着志偉已經高高的拉起右腿，就像一位演繹《天鵝湖》的舞者，令球場內的所有人都成為旁觀者……

「衝．力．射．球！」雖然沒有人在此時嘶叫出這四字，但桑杉純從志偉的形體之中，彷彿已感到對方絕招的懾人威力。

皮球的去勢一點也不刁鑽，甚至是直飛向門將跟前，不過球速的確是急勁。守門員雖然已架起雙手阻格，但這記抽射的力量實在太過沉重有勁，結果皮球竟然硬生生把門將的手撞開，再彈進網窩內……」此時觀眾席上響起雷動的掌聲和歡呼聲，還有講波的何老靜雀躍地高呼：「五比四呀！在下半場補時三分鐘，戴志偉絕殺成功呀！大家要緊記他的名字，他朝一日，這小子可能會帶領香港繼 1977 年之後，再次出線世界杯首階段分組賽……」

「是五比四？不是六比五嗎？」頭髮已有點稀疏見頂的泰萊質疑志偉記憶的真確性。

「怎會是六比五？肯定是五比四！」志偉不屑的搖手反駁。

「不！好像真的是六比五呢……」被他們稱為「良仔」的大叔搭訕回應。

「是五比四！我肯定沒有記錯……」

看到這班已年過四旬的大叔，竟然為了昔日區區的一場學界比賽而爭論不休，元峰有種面紅耳赤的不好意思，畢竟這裏始終是人家的喪禮，便壓低嗓門勸說：「不如大家待會再談吧！儀式好像快要開始了。」聽到一個後輩說出這番話，大家才知道要收歛。

2. 香港特區杯

「好！現在是瞻仰遺容時候，請各位從左至右繞過靈柩送別故人……」在殯儀館的堂倌指示下，眾人都起來在桑杉純的遺體前走了一圈，元峰望着躺在棺木內的這位 uncle，其實沒有什麼印象，只記得在年幼時，自己曾隨爸爸與一班波友上酒樓，就在他悶得發慌之際，就是這位桑杉純叔叔，笑着帶他到報攤買了一本《老夫子》。此時元峰發覺禮儀師的化妝技巧實在出眾，竟能為桑杉純叔叔帶來一張微笑的慈祥臉，讓他可以在這「最後派對」上與親人和老朋友一一送別……

元峰悄悄的望向爸爸、舅父和他的幾位大叔朋友。沒有表情、沒有過分的神傷，也沒有流下一滴眼淚，只是背着靈柩默默搖頭，便逕自走回自己的座位——元峰心想：「他們不是好朋友嗎？顯得這麼淡然，是故意把悲傷壓在心裏最底層嗎？」然而他很快意識到，大抵這就是中年男人低調而抑壓的悼念。

元峰回神過來，發現身旁這幾位大叔已緩緩朝向門口離開。只見他們不發一言，直至離開了殯儀館後，才圍在大門前停下。良仔從口袋中掏出一包香煙，自己叼了一根後，便逐一向人遞上煙盒，有的擺手謝過，有的從命捏了一根後，良仔便熟練地為其點燃。在吞吐一番後，他們就像站在天界旁邊的仙人，對紅塵中經歷生老病死的眾生說着：

「唉，才四十三歲便走了，真是不想看破也不行。」

「做人就是這麼化學，又有什麼辦法？」

「幸好桑杉純的家底豐厚，嫂子和兒子日後的生計應不成問題……」

在各人都吐出淡淡的哀愁後，志偉亦嘆道：「唉，還記得每次聚舊，阿純都問『幾時踢波』，每次我們都談得興高采烈，最後卻不了了之，估不到終於約齊人，連球場也訂了下星期的，偏偏他卻突然心臟病復發，最終還是踢不了……」

「幾位先生——」

就在各人滿懷感傷之際，一把陌生的聲音突然朝向他們召喚，一看，是個西裝筆挺的男士，只見他匆匆跑過來，微微的喘着氣說：「各位，我是桑先生的助手偉文，桑太說老闆臨終前千叮萬囑要把這信封交給一班波友……」然後邊說邊掏出信封交給志偉。

志偉拆開信封大感詫異道：「什麼？是球場訂場紙？」

「對！」偉文輕輕一托眼鏡續說：「老闆說下星期訂了場，難得約齊人，雖然他自己入了院，但叫大家也別浪費，提醒你們記得出席。」他又頓了頓：「老闆本來說等病好了一定要復出，又豈會想到……」

在片刻的無言後，偉文又說：「其實老闆一直有個計劃，是希望再次與大家組隊參賽，出戰『香港特區杯』。」

「『香港特區杯』？是什麼東西？」眾人同時將目光投向曾經是甲組球員的良仔身上。

「這比賽我也有聽聞，是一個開放給全港商業和公營機構、地區球隊參加的賽事，雖然近年才舉辦，但已發展成香港最具規模、公認競爭最激烈的業餘賽事……不過據我所知，不是誰也可以報名參加的！」

「嗯！」偉文點點頭說：「所以老闆的原意是希望召集你們這班兒時球友，代表我們的集團參賽。

「啊！對了！幾乎忘記了桑杉純是上市公司主席……」良仔恍然大悟。

「老闆生前常常對我說，兒時的球友很厲害，肯定較今天的職業球員優勝，還說球友中，球技最差的良仔反而能成為職業足球員，所以若果當初大家也加入球圈，香港可能早就已晉身世界杯決賽周呢……」

各人立時望望良仔，以為他會介意，怎料他一臉從容說：「的確是這樣呀，當年我的天分確實是最低，有時我也在想，若然大家能組隊踢職業賽，不知會有怎樣的光景。」

「好呀！既然桑杉純生前有這份心意，不如也找回洪健威、德仔、邵志強、松山和葵新悟等人，看看他們有沒有興趣參賽，也算是圓了桑杉純的遺願嘛……」泰萊說。

「就這樣定吧！早陣子我碰到邵志強，原來他早就繼承了父母的果欄，那次他還問我有沒有踢球呢！」良仔和應。

林源生亦雀躍的說：「真湊巧！早幾天我也跟健威通電，印象中他與德仔是好友，由我負責找他們吧！」

「哦？我很久也沒見健威了，他現在幹什麼？」志偉問。

「空手道教練嘛！你不記得當年他常自詡自己以空手道的技巧來守龍門，結果被我們恥笑至發火嗎？」林源生笑不攏咀的說。

就在大家談得興致勃勃之時，良仔突然「哎呀」的喊了一聲說：「有問題！即使我們集齊邵志強等人，大概只有十個人左右，不夠人腳組隊呢！」良仔這番話猶如一盆冷水直往眾人的頭上澆，但志偉卻一點也不擔心。

「小問題啦！元峰也來踢不就可以了嗎？再叫他找幾個相熟的隊友來，反正球季剛完結，他們閒在家也沒事可做嘛！（喂！）」

「呀！對了！援兵就在跟前，（喂！）怎麼我沒有想到呢？泰萊，若果能找到你兒子浩雲來客串，相信我們要奪冠亦並非沒有可能，畢竟他是日本 J-League 的新星嘛！」良仔接着說 。

志偉不等泰萊回話便搶着說：「別難為泰萊吧！浩雲怎會有空陪我們這班叔叔？（喂！）不要奢望太高，還是找元峰吧！（喂喂喂！）」

「喂！你這樣是什麼意思？」元峰終於找到插咀的空隙：「難道你以為我沒事幹嗎？好歹我上屆也開始被教練賞識，把我從預備隊調到甲組隊——」

「當後備球員嘛！即是閒坐冷板凳多過比賽啦！這次讓你加入，既可令你多得到一點實戰經驗，亦可以從我們身上學習，改善自己的球技，你有賺了！」志偉說。

「可惡，這老爸明明在佔便宜，卻把自己當成恩士！」元峰心裏暗忖，怎可能被這班自命不凡的大叔虛耗這大好的暑假？便急急砌出藉口：「總之我真的沒有空，暑假是我賺外快的重要檔期，我在暑期當一個足球班的助教，最少也可以多賺幾千元！」

此時偉文突然揚手，禮貌地打岔：「如果問題跟錢有關，你們大可放心，皆因太太已交給我一張二十萬元支票，她說過可以用這筆錢來購買物資和交付雜費，有需要時更可動用這筆錢找『外援』，反正賽事不過是維持個多兩個月，相信這兩個月給你萬多兩萬元作為車馬費也沒有問題……」

元峰雙眼發光，心想：「什麼？兩萬元？平時我的月薪才剛過一萬元！」他竭力遏止內心的興奮，露出腰果般的眼睛笑說：「這個嘛……如果我稍稍調配工作安排，應該有空可以跟你們參賽吧！」

沒想到父親志偉此時竟煞有介事地說：「哎呀！不要給這小子這麼多錢！這又不是什麼職業比賽，大家不過是為興趣而已，怎可能給他這麼多錢？況且桑杉純才剛離開，還是讓嫂嫂多留一點錢在身邊吧！」

偉文連忙補充說：「錢方面你倒不用擔心，最緊要……」

「你聽我把話說完吧！」志偉毫不客氣打斷對方的話：「桑杉純這樣的安排，是為了一圓我們一起組隊比賽的兒時心願，講錢未免失感情！五千！給他五千元便夠了！對嘛？元峰。」志偉回頭一看，赫然發現兒子的面色比馬鈴薯皮還要土灰，但見元峰沒有即時反駁，便逕自說：「看，他也覺得沒問題，就這樣定吧！我會叫元峰找多兩至三個隊友幫忙，應該可以組隊了！」

其實元峰這刻很想發難，但畢竟今天也是桑叔叔的喪禮，加上跟前又是父親一大幫朋友，為免失禮，他不斷強逼自己嚥下這口怨氣。

「太好了！問題解決了！」

「沒想到桑杉純竟有這樣的心思！」

「喂，要想想到哪裏造球衣了！」

「但做球衣前要想好球隊名呢！」

「不如叫 RJ12 吧！想當年人家也是這樣稱呼我們……」

看着這班中年大叔霎時間統統變回像十一、二歲的少年般，元峰一點歡樂的氣氛也感受不到，因為他心裏只想對爸爸志偉咆哮一句話：「可惡！你快賠我四萬元呀 !!!」

3. 幸福？不見得吧！

「四萬元？你之前不是說兩萬元嗎？」雪儀問道。

「兩個月的車馬費不是四萬元是什麼！你不是做銀行嗎？算術竟這麼差！」被元峰這樣搶白，雪儀頓時板起臉。元峰自知理虧，立刻賠不是：「我不是這意思，而是……你知道嘛，跟這班大叔踢球，大大影響我準備新球季的工夫。不過這也算了，最光火的是老爸還要斷了我的財路！我不動氣才怪呢！」

雪儀似乎也諒解他的氣結，便轉過頭來跟他說：「他們只是在晚上練習，也佔不了你太多時間。其實能夠跟父親有相同的嗜好兼可以一起參與，是一件幸福的事呢！」

「幸福？不見得吧！」元峰禁不住回以一聲冷笑。

「不是嗎？男生小時候都有爸爸陪他踢球，不少人長大後都感慨爸媽老得太快，但你仍然有一個年輕的爸爸，還可以和你一起踢球，這不叫幸福又是什麼？」

元峰此刻驀然記起，雪儀的父親，已接近到達 60 歲這條老年分界線，而自己的爸爸戴志偉，今年才 43 歲。

看到雪儀臉上若有所失的感傷，元峰也刻意保持緘默，以免說了些不中聽的話。就在二人於沉默中並肩而行之際，元峰突然感到褲袋正發出頻密的震動，便立時掏出電話，一看，原來是爸爸——

「爸，什麼事？」

「在哪？」

「剛與雪儀吃過午飯，待會跟幾個隊友一起健身，把握時間鍛煉。」

「好極了，記得邀請你的隊友，跟我們一起踢特區杯！下禮拜一晚我們有練習。」

元峰吃驚問：「什麼？你是認真的嗎？真的要我找隊友助戰？」

「那當然啦，我們根本不夠人數組隊！」

「你死心吧！」元峰狠狠的回絕：「才區區五千元車馬費，就想邀請我的隊友參戰？沒可能！我只是無可奈何才被你挾上這『賊船』，但他們可沒有義務應承你……」

「哦！原來是錢的問題！」志偉恍然大悟說：「很簡單吧！若果你的隊友肯替我們出賽，給他們一萬元吧！」

元峰心想雖然一萬元也不算太吸引，但總算比原本只得五千元合理，一直憋在心裏的怨氣頓時消減不少，語氣軟化說：「那好吧！我即管幫你問問隊友……你總算良心發現，虎毒不吃兒，之前說只給我五千元真是不合理……」或許因為他與父親的年齡相距只有二十年，元峰跟志偉對話亦有點不分尊卑。

「你別誤會，我只是說你的隊友會有一萬元，你的車馬費依然是五千嘛，說好了就不會改。」

「你這算是什麼意思！」元峰的怒火沒有因為隔着電話而減弱。

「你先聽我說吧！」志偉嘗試跟元峰平心靜氣對話：「桑 uncle 很有心，為了成全大家的足球夢，給我們一班兄弟留了二十萬元，但正因為大家把這筆錢交由我托管，我更加要小心分配，以免兄弟誤會我拿了桑杉純的錢，卻只顧給兒子好處……」

元峰當然明白父親的想法，但仍禁不住抱怨：「這樣對我不公平！」

「你稍安無躁，我已想到一個對你公平，也不會讓人覺得我偏袒的方法，就是只要你能助我們取得特區杯冠軍，我私人掏二萬元給你當獎金，即使晉身四強也有一萬元！怎樣？吸引吧！」

「什麼？」元峰似乎覺得志偉的提議十分可笑：「你們這班四十多歲的大叔，竟然還幻想可以爭奪冠軍？你知道嘛，雖然這是一項業餘賽事，但有很多前職業球員、現役甲組，甚至超級聯賽球員參賽……想奪標簡直異想天開！」

「你覺得自己很了不起嗎？」聽到志偉的語調突然變得冰冷兼沒尾音，似是要動真火，元峰也免得火上加油，便草草的應道：「總之我即管幫你問問他們，但不要期望過高吧！不談了，拜拜。」隨手便按鍵掛線。

「聽你的語氣，沒事嘛……」雪儀問道。

「唉……」元峰頓了頓，欲言卻又止：「我這個父親，已到了這年齡，還好像個不懂人情的孩子……唉，都是甭提了，你要上班了，今晚再談，我也約了阿強健身。」元峰這刻正躊躇，怎樣向阿強和國培提出父親這個不情之請。

沒想到，阿強和國培想也沒想，便應道：「好呀！跟大叔踢球恐怕應該不會太辛苦，他們可能連緩跑也會喘氣呢！這一萬元容易賺呢！」

就這樣，RJ12 便組軍完成。

第一章 追逐封塵的舊夢

父母助子女追逐理想，看似天經地義，
兒子反過來助父親追尋封塵的足球夢？
卻是聞所未聞。
望着這班愛說舊事、嘴巴逞強的「足球老將」，
難道這就是中年大叔的宿命？

1. 從傳説走進現實的「足球小將」

對於即將迎來的第一課操練，志偉看來十分重視，每當吃過晚飯後，總是換上運動服練跑——雖然一小時不夠便折返，但踏進家門時總見他汗流浹背，如突然遇上暴雨般全身濕透，便可知哪怕對元峰來說不過是「小菜一碟」的緩步跑，對父親來說已是挑戰人體極限的特訓……

「記着，今晚是我們首課操練，記得準時現身！還有提醒你那兩個隊友別遲到！一節只有個半小時，遲了一分鐘等於少了一分鐘練習時間……」

「知道了知道了，別再嘮叨吧……」對於爸爸的溫馨提示，元峰顯得不勝其煩。

志偉確定兒子聽到自己的提示後，便安心的步出家門。正處於球季休期的元峰，由於朋友都在忙着上班，所以吃過早餐後，便享受着頹廢的一天，把自己困在房間裏瘋狂打機。一晃眼，就已經是黃昏。

「嘩！我出門時你已開始打機，我下班回來你仍困在房內？你不是應承了爸爸今晚跟他和一班朋友操練嗎？」聽到媽媽從門外傳來的吼叫，元峰才驚覺原來已經是傍晚六點了。

「他們不是訂了七點的場地嗎？沒那麼早……咦？對了，阿媽為何你今天這麼早回來？你不是六點才下班嗎？」

對於元峰的好奇，母親完全無視，只是一派催促的口吻應道：「別東拉西扯了，買了外賣，快吃！待會我跟你一起出門。」便逕自把那雙木筷子掰開，急急將那粟米魚塊往嘴裏送。

「什麼？你也來？不是嘛……」元峰實在始料不及。

母親咀嚼的頻率並沒有減慢：「難得這麼多舊朋友聚首嘛……」

「估不到你跟爸爸的朋友這樣熟絡！」

「哎呀！別嘮叨，快點吃吧！」母親見元峰仍是懶洋洋，便把飯盒塞給他，說：「當年你媽媽我，是校隊的啦啦隊隊長，每次比賽也替你爸爸搖旗吶喊，自然跟他的球友也相熟！你知嗎？你爸爸踢球時真的很有型！」

「即使有型，大概只已二十多年前了吧……」元峰毫不客氣地說。

「你錯了！」媽媽肯定地說：「早兩年我跟你爸爸經過球場，突然皮球在我們面前掠過，他在千鈞一髮下將球控下來，然後大腳踢回給場中的小孩。那一刻我看到志偉的面容回復了十多歲時的模樣！好神奇！」

「嘩！媽，你未免胡扯得太過沒譜吧……」

媽媽放下筷子，認真的說：「我自己也覺得不可思議，但事實的確是這樣。」

元峰瞟到媽媽臉上泛起微紅的春色，便恍然大悟的說：「其實一點也不出奇，因為愛情是盲目的，即使再無稽的事也變得可能。」

「你這麼說即是不信我所說的吧！」媽媽有點不滿。

「哈哈……別這樣吧！我信我信，快點吃飯吧！」大概元峰知道若不這樣回應，恐怕會被這話題沒完沒了的纏下去。

二人匆匆吃過飯後便出發，元峰沒想到才踏進球場時，已被眼前所見的嚇了一跳。

一眾 uncle 不僅穿上整齊光潔的球衣，而且後備席旁置有一個大冰桶，還好像堆了滿滿的能量飲品；球場上十多個簇新發亮的皮球已放在一旁，而且供練習用的雪糕筒和鐵板製人牆亦顯然是新開封的……裝備竟然較自己平日練習還要優良齊全。元峰一想到父親一方面花這麼多錢在這些裝備上，一方面卻剋扣自己的工資，怒火又湧上來。

「你在幹什麼！」志偉氣沖沖的走到過來，令元峰從目瞪口呆中稍稍回神。

「又什麼事？我不是已來了嗎？」元峰晦氣道。

「你穿成這樣是什麼意思！」此時元峰下意識往自己身上一瞟：身上穿了已微黃的白色衛衣和睡覺時穿着的運動短褲，還有趿着一雙人字拖鞋……元峰也明白這身裝束跟大叔們格格不入，便裝作無辜的說：「哎呀，我怎知道你們會這麼認真？我以為你們不過是玩玩而已……」

「玩？你看看你的兩個隊友，他們也穿起齊全的裝備，你卻這樣敷衍我？」元峰朝向父親的眼神一看，見到阿強和國培幸災樂禍式的搖頭附和，只好息事寧人的唯諾：「好了好了，明天我穿得整整齊齊才跟你們練習吧！你不是說過時間有限嗎？別磨蹭了，我們快快練球吧！」

志偉本來仍有教訓話要說，但想到練習時間確實有限，勉強暫且吞下這口氣，走到阿強和國培跟前，逐一介紹各位隊友：「年輕人，別小看我們這羣大叔已一把年紀，我們跟你倆差不多大時，球已踢得十分不錯。石奇良你們應該認識吧？好歹也是你們的前輩！」

「認識認識……」阿強和國培也識相地點頭。

「他小時候的絕招是『顏面擋球』——」志偉說到這裏，突然忍不住竊笑起來，而各人亦忍不了多久，哄堂大笑起來，只有阿強和國培不知應否陪笑。

阿強和國培反應尷尬，林源生還搶着問：「你知道『顏面擋球』這絕招何以命名嗎？」

此時這班大叔提起「良仔」的兒時糗事便異常亢奮，林源生也不理後輩此刻的窘狀，便樂呼呼自問自答了：「呵呵呵，你們這樣也估不到！就是因為他常常被對手射中面部嘛！雖然洋相盡出，但倒也擋截了不少致命的射門，我們後來便調侃成他的絕招……」

國培蠱惑的偷笑起來：「咦？這豈不是跟阿強和元峰的『裂蹴折射』相似？」

「你何時創成這絕招？怎麼沒聽你提起？」志偉追問元峰。

此時阿強立時瞪眼要阻止國培繼續說下去，但看到大叔們八卦地連聲追問，還有國培未入正題已經吃吃笑個不休，大概已感到就算上帝也遮掩不了國培這大嘴巴……

「因為（嘰嘰）……元峰（嘰嘰）總是（嘰嘰）靠射中阿強而改變方向，才（嘰嘰）造成入球，而且即使阿強明明在老遠處，元峰的射球也像有自動導航的朝向他，所以我們常取笑阿強的絕招是『躺着也入球』……而且他倆一旦欠缺了對方，威力便頓時減半！哈哈哈……」

「很好笑嗎？我一點也不覺得。」阿強板着黑臉。

「簡直笑得像個白癡。」元峰也沒有半點抑揚的附和。

眾大叔望着三人也在笑，但不是那種肆無忌憚的取笑，而是像長者看着下一代耍樂的會心微笑。

「很好呀！」石奇良突然對阿強和元峰說：「有這樣的默契，說不定你倆有機會在香港球壇成為一對傳奇組合呢！」

此時，一把聲音霎時從場邊由遠而至，正是元峰的媽媽：「喂喂喂！你們究竟是為了閒聊聚舊，還是來踢球？這麼多年仍是老樣子，說話總是比踢球多，難怪除了良仔，你們也成不了職業球員！」

元峰驚訝從沒見過媽媽這種咆哮的嬌嗔，但這班大叔看起來卻十分受落——

林源生笑說：「呵呵，大頭妹，很久沒聽到你的咆哮聲，真懷念！」

健威一邊戴上龍門手套一邊笑說：「哈哈！想當年南角能夠戰勝我們東方學院，全是大頭妹的功勞，因為她由比賽開始便舞動着那面大旗吶喊，令我們完全無法專心作賽。」

被暱稱為「大頭妹」的元峰媽亦帶笑反擊：「健威，你別諉過於我，你當年被志偉射破十指關，顯然是你的

『空手道把關』中看不中用啦！」

「嘿！我中看不中用？你知道嘛？我那八歲的兒子已盡得我真傳，現在憑着這套空手道把關技術，他已在學界比賽中保持 180 分鐘不失球了！」

「好吧好吧！別再說廢話了，開球啦好嗎？」一直較少說話的松山亦忍不住說。

元峰看着這班大叔往球場兩邊散去，佔據着屬於自己的位置，馬虎地壓壓腿、拉拉手、旋旋腰便當完成熱身，一臉不解的呢喃：「他們不是說要練習嗎？怎樣又不好好熱身，又沒有準備練習戰術，二話不說就想着對戰？」

良仔搭着元峰的肩頭笑說：「哈哈，別怪他們，畢竟他們沒試過當一個真正的職業足球員嘛。」

「但他們不是說自己想當年有多厲害嗎？竟然連怎樣操練也不懂？」

良仔依然是一副不在乎的呵呵笑臉：「這也怪不得大家，當年校隊根本沒有像樣的教練指導，印象中只有邵志強和德仔的教練會帶他們到海灘練習，邵志強還在海灘『猛虎射球』呢……」

「嘿！原來全都是愛吹牛的大叔……」元峰不屑的說：「他們還好意思取笑你球技不濟！畢竟你都是職業球員，而且還代表過港隊出戰，但他們呢？難聽一點說，只是一班活在過去幻想的悲哀大叔而已。」

良仔面露自信說：「呵呵，估不到你這小子會知道我

曾經代表香港隊呢！不過他們也說得沒錯，當年若論天分，我真是遠遠不及他們呢！而且小時候他們真的很厲害，甚至能代表香港學界到外國踢青少年國際賽高菲亞杯，所以別小覷眼前這班大叔，尤其是你爸爸志偉！他更是該屆賽事的神射手呢！」

「你不是說笑嘛！老爸會有這麼厲害的本領嗎？」元峰此刻的震撼，猶如聽到有人跟他說自己不是志偉親生兒子般難以置信。

「這絕對是千真萬確！」良仔的思緒又回到二十多三十年前的時空：「那時德國隊，不，當時還稱為西德的主將史奈達、巴西的辛坦拿，甚至中國的蕭俊光，都是十分厲害的猛將，但志偉跟他們比拼時絲毫不落下風！」

雖然良仔說得七情上面，但元峰仍難以相信，因為按他的足球知識，近二、三十年中國從沒有一個叫蕭俊光的國腳，巴西陣中亦沒有一個叫辛坦拿，反而史奈達他卻有點印象——然而那好像是位荷蘭國腳，而不是來自德國……顯然，這些在良仔口中稱為厲害的人馬，只是幾名跟他的老爸一樣，是不值一哂的小人物而已。

開球之前，志偉跟元峰、國培和阿強逐一介紹這班三十年前叱吒學界的足球小將。除了被他們稱為「德仔」的李育德、邵志強、石奇良、林源生、洪健威和鄭松山外，還多了幾副新面孔……

「可惜葵新悟最近弄傷了左腳，今天來不了。」志偉續道：「但不緊要吧！其他 uncle 也是厲害的人物，就像高真五，當年是我們南角小學的絕對中堅之選！」元峰打量眼前這個身高至少六呎二吋、體重疑似過重的壯漢，彷彿花上幾秒也不能完全掃視他的軀體。至於那對外貌幾近一樣的政富與和富兄弟的外表更是怪趣，二人即使閉上嘴巴，碩大的一雙門牙仍然外露。元峰一直也不敢長時間直視二人，免得禁不住噗的一聲笑了出來。

2. 封塵了的絕招

「來吧！」和富接過邵志強在中圈的傳球後，便沿着右邊引球狂奔，泰萊很快作出反應，但幾步之間，已發現二人速度上的差距，即使泰萊沒有放棄奮力前追，仍無法給予和富丁點壓力。

「由我來吧！」良仔眼見泰萊在速度上吃大虧，便橫移幾步堵住了對方的去路，和富見跟前的只是良仔，嘴角微微翹出一絲自信，突然把球往前一踢，然後奮力從另一邊以「推左走右」的方法越過良仔。但良仔仍不為所動，等和富快要越過自己時，只是輕輕一晃肩頭，便令對方一個踉蹌失去平衡，連皮球也不知掉到哪裏去……

「嘿嘿，和富，怎麼你現在變得這麼孱弱！」志偉取笑說。

「才不是！我只是未熱身而已。」和富嘴巴硬，不肯示弱。

林源生懶理二人在打嘴炮，奮力開出龍門球，希望將皮球傳給前場的志偉，但球兒還未飛過半場，已呈軟弱之勢下墮，剛好落在阿強腳下。阿強才一觸球，邵志強、和富，還有德仔也舉手要球。「不是嘛，這幾個大叔只懂叫我傳球，但自己卻懶得走位接應……」阿強暗忖，但畢竟受人錢財，他仍想辦法滿足各人對皮球的需要，在晃過松山虛應式的防守後，便把球橫撥給正從後插上的林政富——政富雖然拼命疾走，但速度其實一點也不快，趿着拖鞋的元峰幾個跨步就已經搶在跟前。政富在急忙中踩停了皮球，生硬地在元峰面前晃動幾下——

元峰心想：「嘩！這麼假的『假身』，你以為這樣能騙得到我嗎……」然而又想到這不過是一場大叔們的兒戲練習賽，所以他也只是守住了前路，任由政富使出像真度不高的假動作。

「傳吧！」阿強大喊一聲，但政富專注於跟元峰的對峙，口中唸唸有詞，彷彿在跟自己的內心對話：「可惡，這個元峰果然不簡單，竟然斷絕了我的去路和傳球路線！邵志強雖然不斷向我招手，但志偉亦步亦趨，我若勉強傳球，極有機會因失誤而遭志偉反擊……」

「他被點了穴嗎？站着發獃幹嗎？」國培見政富磨蹭良久，也忍不住跟阿強私語。

「我怎知，我已經提示他多次了，但他仍然維持在定格狀態。」當然因為國培和阿強年紀尚輕，並不知道亦無法理解這羣「足球小將」兒時踢球時，的確時常在球場上作定格思考。就在政富還在苦思破敵之計時，元峰快腳一挑，果然輕易從他腳下盜走皮球，並送給松山。

松山把握機會撿了便宜，大喊一聲「志偉」便大腳長傳。皮球的去勢雖然急勁，志偉架起大腿一控，竟輕易讓它乖乖黏在自己腳下，這份細膩的球感，多少也令元峰另眼相看。

但見政富這頭「老波牛」正以極速朝向志偉衝過去，元峰亦立時走位配合，大喊：「傳呀！爸！」不過志偉似乎無視元峰的呼喚，他只是一味的向前看，見到一直在對方禁區踱步的泰萊，突然轉向後撤要球，便不喊一聲把皮球橫送向「蛾眉月」的位置。一直貼身追纏的德仔雖然亦步亦趨，但泰萊並沒有第一時間控定皮球，而是刻意將它在跟前漏過後再回身追上，用自己的身體隔開了德仔和皮球之餘，還順勢拉起左腿準備抽射，動作一氣呵成，連志偉也禁不住喊一聲：「好波！」

泰萊似乎亦信心十足，伴隨着「入呀！」的呼喊聲奮力一蹴，皮球「腳趾尾拉西」的劃出一道往外飄的弧線——只是直飛向近角球旗的底線。

志偉大嘆可惜：「只差一點點而已！」

「什麼？」元峰幾乎被這番話笑嗆了，彷彿聽到有人講端午節原來是慶祝聖誕老人復活般不可思議，他說：「舅父這球射門幾乎飛向邊線，你居然還說是只差一點點？」

「差不多啦，你舅父只是起腳時間稍慢了，若不？可能早已射出一記金球呢！哈哈！」說罷便向泰萊豎起姆指表示鼓勵。

對於這完全偏離事實根據的假設，元峰實在無法附和，只能報以一記冷笑。

健威沒有大腳開出龍門球，只是輕輕一腳交予國培——大概這就是「大叔足球」的特色：一切講求緩緩推進，節省體力，國培亦識趣第一時間把球傳給德仔，務求盡量滿足這班大叔的「球癮」。然而德仔或許實在久疏戰陣，皮球撞到他的腳脛後稍稍彈開了。眼見對方出現失誤，志偉和松山頓時像兩頭嗜血的野狗般，雙雙撲向德仔。德仔慌亂下急急衝前要大腳踢走皮球，但顯然已慢了一步，球兒剛好擊中志偉的大腿。皮球往前一彈，又落在松山腳上，他大邁幾步，就已經闖進對方的禁區，而面前亦只有守住偌大球門的健威……

「機不可失！射住先吧！」泰萊一聲吼叫，松山亦同時提起右腳奮力抽射，皮球割草式直飛向龍門的右方。然而令元峰估不到的是，健威竟不是朝向皮球撲過去，而是跑往另一端的門柱——

「他究竟在幹嗎？」國培瞪大雙眼道。

此時健威以右腳用力蹬向門柱，令身子如彈簧般，直朝着皮球彈過去。然而健威很快便察覺，這種彈射自己身體的撲救方式，根本及不上球速，儘管他把自己的雙手伸展至極致，也跟皮球有着可望而不可及的距離……結果球兒「嗖」的一聲於另一邊門柱掠過，同時松山亦抱頭吐出一聲粗鄙的嘆息。

「阿……健威叔，你剛才像打跆拳道的向門柱發洩是什麼意思？」國培儘量擠出一副虛心的樣子求問。

「小子，所以說你有眼不識泰山，那招不是跆拳道，是空手道！健威當年最厲害的一招，正是『空手道救球』」德仔搶着代答。

「哦。」國培勉強應了一聲後便急急別過臉來，因為他害怕稍一鬆懈，便無法拉緊臉上的肌肉和嘴角的神經而大笑不止，只好反復地自我催眠：「我不可以笑，絕對不可以笑……但（呵）……他怎可能到了這年紀仍如此小學雞（呵呵），記着這些無聊渾號？」國培的身體不由自主的抖動，顯然是靈魂與肉體正進行激烈的角力。

儘管聽到德仔把自己兒時的絕活捧上天，但健威卻是擺擺手嘆道：「唉！真是不復當年勇了！小時候這麼一蹬，我肯定可以憑手刀擊走皮球！反而松山的『禿鷹射球』還是這麼厲害！」

元峰聽到健威這麼說，望了望額角綁上運動頭箍、束起稀疏頭髮的松山，便悄悄跟身旁的志偉耳語：「你的朋友倒十分刻薄，沒錯松山的頭髮的確比較少，但大模大樣取笑他是『禿鷹』，未免太不留情面了吧……」

「我們哪有！」志偉皺眉續道：「當年松山的『禿鷹射球』真的如天上的禿鷹一樣，一旦瞄準了目標，等閒的門將也逃不了失球的命運。」

「什麼？如此稀鬆平常的射門也吹噓得這樣不着邊際……咦！阿爸，你不會也有這些小學味濃的渾號吧！」看到志偉面色一沉，喉頭抽動了一下，一派支支吾吾的尷尬相，元峰便知道答案。「究竟是什麼？告訴我！做得出就不怕認吧……」然而即使元峰怎樣死纏，志偉亦裝作聽不見。

繼續下來，場內的眾大叔開始享受在奔跑時早已遺失了的青春感覺，特別是政富與和富兩兄弟，往往沿着邊線來來回回的跑，但才過了十多分鐘，他倆就已經氣喘如牛，即使皮球就在二人不遠處，他倆亦顯得舉步維艱。

「追啦！幹嗎不追？」邵志強向二人抱怨。

政富漲紅了臉說：「不……不要跟我……談天，

回……不了氣。」至於和富更一直弓着身子拼命喘氣。

「嘿！真沒用！你倆稍稍休息吧，我來！」邵志強說得堅定。

的確，縱觀各人，若論身型的「保養度」，似乎要以邵志強最為理想，雖然已年屆四十多歲，但一身橫練的體格，而且依舊步闊力雄。只是每當皮球在腳下，他便與外間中斷任何連繫，整個世界就只有他自己和腳下球，眼前就只有對方的大門。然後他就化身成非洲的暴走犀牛，只懂死命的向龍門口直衝 —— 這就是邵志強的絕活「直線盤球」。

莫說眾大叔在他跟前猶如螳臂擋車，哪怕是體格粗壯的元峰，面對這股蠻勁也感到吃不消。

「邵志強，估不到你的氣力還是這麼大！」剛被對方衝擊過的泰萊笑說。

邵志強得意地揚眉，似是炫耀自己的寶刀未老。元峰看在眼裏，終忍不住開口說：「志強叔，你的直線盤球……」

「怎樣？厲害嘛？」邵志強沾沾自喜的說。

「的確很厲害，可是若正式比賽時，你每每這樣刻意把對方撞倒，球證肯定會判你犯規的。」

「什麼？不是嘛！」邵志強難以置信，不服氣的狠狠把皮球踩在腳下說：「小時候踢學界比賽，我也是這樣施展直線盤球，當時球證也不會吹罰我，你居然說我犯規？你究竟懂不懂得規矩？」邵志強咆哮。

聽到對方這樣質疑自己，元峰亦心裏有氣，反駁：「志強叔，事實的確是這樣，你這種刻意撞翻對手的盤球方式，在動漫世界中或許行得通，但在現實中一定過不了球證的法眼！」

邵志強不服氣的瞪大雙眼，或者他心底裏並不相信元峰這個初出茅廬的小子，便把視線投向良仔。

良仔靦腆地笑說：「其實元峰說得不錯，你這種踢法若遇上執法尺度較嚴的球證，不消十五分鐘你就會被趕出場了，呵呵……」

邵志強聽後更暴跳如雷：「怎麼可能？小學踢學界比賽時我也是這樣，球證也沒有把我趕出場……」

「嘿，難道你認為小學賽事的球證會比職業賽的專業嗎？志強，其實當年是我們一班隊友包容你這個只有一股蠻勁的『獨食鬼』而已！」跟他最相熟的德仔毫不留情的揶揄說。

「喂！但這就是我的踢球風格——」

「但你的風格似乎較適合打摔角，而不是踢足球。」聽到元峰斬釘截鐵得近乎無情的搶白，大家都很擔心邵志強會狂躁起來，只見他的臉如交通燈般赤紅，卻吐不出一隻字，似是快要憋不住滿腔的怒火。

「可惡！可惡……」望着邵志強不斷重複呢喃，這座火山，要爆發了。

「既然不能用『直線盤球』——就用『猛虎射球』！」邵志強突然拉起後腿，弓着身子幾成九十度，奮力往皮球猛力一蹴。雖然他的姿勢有點怪異，但皮球卻像裝上推進器般，直朝向球門右方死角……對上三米越過，直飛到觀眾席上的頂層，把那排膠椅子轟得唏哩嘩啦。

儘管皮球完全遠離目標，但看自己施射所帶來強大的衝擊力，邵志強的眉間宇亦暗露一絲得意，而其他人不知出於真心敬佩或只想緩和氣氛，紛紛立時送出「寶刀未老，腳腳七注」等溢美之詞。

「把球射到觀眾席居然還在沾沾自喜，大叔就是這麼容易便自我感覺良好。」元峰彷彿揣摩到多一點中年漢的心態——能力不濟卻又不服輸，還將所有說出忠言的人視為「挑戰其權威」。元峰發現往後的練習中，邵志強總是有意無意地要跟他拼力氣。當佔到上風時便洋洋得意，一旦被比下去又會板着面孔。「莫非二十年後我也會變成這樣？」一想到此，元峰便心寒得起雞皮疙瘩。

3. 殘酷的忠言

雖然整個租場時段是一個半小時，但進行了還不到45分鐘，除元峰、阿強、國培和良仔外，眾人已經如斷了線的扯線木偶，或癱瘓在場上，或雙腿抽筋狼狽地請求別人代其壓腿……

「都踢了這麼久，我們不如休息一會吧！」世故的良仔為他們找一個體面的下台階。

元峰瞟了瞟看台上的大鐘，才不過 40 分鐘而已！但見良仔暗暗跟自己打眼色，也識趣的附和道：「對呀，也差不多呢……」其實即使良仔沒有提出，大家都已經連腿也抬不動，但聽到他這麼說，便放心大口大口的喘着氣，盡情的躺在地上休息。

「喂，覺得我們踢成怎樣？」沒想到剛才在球場上處處針對元峰的邵志強，突然坐直身子，直接的問元峰。

「什麼？」元峰一怔，先以眼神不斷向志偉和泰萊求助，但估不到，二人不僅沒有替他解圍的意圖，還不負責任的嚷着：「即管直說吧，沒所謂。」

元峰睥睨了父親一眼，暗忖：「你還好意思說沒所謂？邵志強分明是個自以為厲害的小器鬼，剛才我不過是說出事實，他便處處針對。這刻若我真的有話直說，恐怕他會立時撒野，到時別說我不給面子你的朋友……」看到元峰面有難色，良仔便補充說：「放心說吧，邵志強這個人在球場上雖然性急氣粗，但一踏出球場，他就全忘記了。況且你們畢竟是現役球員，你們的意見也比較專業。」

得到了良仔這顆「定心丸」，元峰想了想，張開口欲言又止了幾回，終於吐出了兩個字：「屎波」。

眾人一怔，大概他們還以為元峰好歹也會說兩句恭維客套話，怎想到這世侄一開口便說出如此刻毒涼薄的說話……

「阿峰，你這樣說並不公道呀！例如你父親剛才一記長傳，剛好落在你腳前，如此恰到好處，怎能說是『屎波』？」泰萊有點不服氣。

「對呀！還有邵志強的射門雖稍欠準繩，但那如炮彈般的威力，相信連現役足球員中也沒多少個能及得上他。」松山也出言反駁。

高真五站起來，俯視着元峰說：「年輕人你也未免太自大，畢竟我們已四十多歲，加上大部分人也多年沒有踢球，生疏自然在所難免，但我相信只要繼續練習，一定大有進步！雖然未必能夠奪冠，但一般等閒小輩，也絕非我們的對手！」

此時就連元峰的媽媽也忍不住插嘴道：「仔，你真的不能小覷這班 uncle，或者你始終不信，但他們年輕的時候確實很厲害，你爸爸的『衝力射球』，還有邵志強的『猛虎射球』，當年更成為小朋友圈子中的傳說呢……」

面對着大叔們的總動員「轟炸」，元峰一時語塞，此時阿強悄悄的探到元峰旁邊耳語：

「嘿！你糟糕了，所謂『方丈為人好小器』，你現在竟得罪了所有『方丈』，根本是自尋死路！」

被逼進死角的元峰終於忍不住吼道：「喂！你們真麻煩！剛才不是叫我有話直說嗎？」這招以退為進的賭氣話果然奏效，至少令眾人沒有繼續你一言我一語的吵過不休。元峰繼續說：「當然，你們的基本功猶在，可惜體能和防守意識實在太差！除了良叔之外，其餘的人只有十分鐘的戰鬥力。還有，你們過於各自為戰，完全不講團隊精神，怎會有勝算？」

此時眾人更面面相覷，因為元峰說得沒錯 —— 事實上他們年輕時，的確全憑着個人天賦踢球，倒也沒有花太多心思在如何互相配合上。除了良仔以外，人人都恃着自己的成名絕招而成為球場上的主角。沒想到幾十年後，絕招「生銹」了，反而同輩中最有戰鬥力的，是良仔。

「元峰說得對，我們以往都愛單打獨鬥，尤其是邵志強，一控球在腳就總是連隊友也當作敵人，死也不肯傳球……」此時德仔又把握機會參他一本。

「夠了吧，德仔，別老是跟我抬槓好嗎？」邵志強擺出投降狀說：「當年我們一起在明和小學和東方學院踢球時，你不是這樣的！那時你事事以我馬首是瞻，真不明白你現在為何老是跟我作對，我有得罪過你嗎？」

德仔頓了頓，然後哈哈大笑說：「倒也沒有！只是以前為了球隊團結，即使你再麻煩我也附和你，但現在我又何需對你忍讓？」

林源生逗趣的拍拍德仔的肩頭：「看你這反應，想必小時候你真的受了邵志強很多冤屈氣吧……」

「對呀！你應該知道，當年他的脾氣有多壞，平日總是一副咬牙切齒的殺人狀，又常常把球衣兩袖捲起成無袖，標奇立異！最差勁的還是只要皮球落在他腳下，就永遠不肯傳球，自私得要命，簡直是『足球黑洞』……」德仔恍如開動了機關槍般，將多年的怨氣連珠爆發。

「哈哈，算了吧！現在不是公審邵志強的時候，我們還是談正經事吧！想深一層，元峰的話也沒錯……」志偉說。

德仔亦附和說：「對！的確我們無論在體力或戰術上都真的不足！以往我們當中領軍能力最好的一定是桑杉純，只可惜他已經不在……」

「嗯，體力還可以痛下苦功，但要制定一套適合的戰術，就必需要有一個教練。」元峰認真地說。

「教練？我們何來有教練？」德仔扯高嗓門應道。

松山呷下一口能量飲品，跟德仔和邵志強說：「咦？你們讀明和小學時不是有個教練叫……陳吉良嗎？」

「吉良教練？」邵志強說：「我們讀小學時他好像已五十歲，現在就算他仍健在，恐怕已是個八十歲的老頭了！你還想打攪他老人家嗎？」

「但你有其他人選嗎？」松山反駁。

「咦，我記起一件事了！」林源生煞有介事的道：

「我有一個人選，就是志偉的盧．比．度叔叔！你知道嗎？早兩天我到灣仔修頓球場的公廁時，看到他坐在球場觀眾席上看人家踢球！」

（咮！咮！）「盧比度叔叔是誰？聽起來好像是個厲害的人馬！」阿強好奇問道。

（咮！唔！）「他是志偉的足球啟蒙老師，告訴你，別被盧比度叔叔的資歷嚇壞！（咮……咮……）他年輕時是巴西青年軍成員，更是巴西勁旅聖保羅的主力，只是因為眼疾而被逼放棄職業球員生涯。後來遇上了志偉的父親，（咮……咮……）他便把一身本領教授志偉。記得志偉當時常常說盧比度叔叔會帶他到巴西踢球……啊！對了！志偉，後來為何沒有成事？」然而當林源生把目光投向志偉時，只見對方臉如土灰，還立時彈起身氣沖沖的走了，元峰媽媽亦二話不說緊隨着。就在林源生擺出一副不明所以的無辜相時，泰萊狠狠地踹了林源生的大腿一下說：

「你是盲了還是聾了？你看不到剛才我們不斷使眼色嗎？怎麼你愈說愈興起，還要問盧比度當年為何沒有帶志偉到巴西？」

林源生完全摸不着頭腦：「我真的不知道志偉當年發生了什麼事，我很早已往德國當汽車學徒，那時我還以為志偉已去了巴西，到我前年回來時才知道他沒有投身職業足球……」然後他望着元峰，希望從志偉的兒子身上找到答案，殊不知元峰同以一雙狐疑的眼神回敬。

泰萊搖搖手說：「元峰當然不知道，因為志偉也寧願永遠記不起這件事，又怎會跟自己兒子說起？」

「對了，其實我也想問這問題很久了，一直以來，我們只知道盧比度叔叔像突然人間蒸發了，卻不知道箇中究竟發生什麼事。」良仔亦講出抑壓多年的疑竇。

「唉，大家都到了這把年紀，就不要事事查根問柢了，有時心結這回事不一定要解開，將它永遠埋在心裏一個角落可能更好。」泰萊一副電台深宵節目主持的口吻，反而令各人更摸不着頭腦。

第三章　志偉的弱點

每個人的生命中，都或許有一個不想
被觸及的「死穴」。
究竟強逼自己翻開已結痂的傷痕，
還是永遠不觸碰它繼續努力生活，
才算是積極人生？

1. 誰是盧比度叔叔？

人，天生是一種求知慾強的動物，特別愈被掩飾的事情，便愈想探個究竟。「盧比度叔叔」，這個普通的名字對元峰來說，霎那間變得比尼斯湖水怪或者百慕達三角洲更傳奇和神秘。儘管他知道這人是父親揮之不去的心魔，但在好奇心驅使下，元峰趁夜闌人靜，嘗試在無所不知的互聯網「大神」中，求問一些關於盧比度叔叔的蛛絲馬迹……

巴西青年隊成員，効力過巴西聖保羅，還有一個純粹只有中文拼音「盧比度」的名字——元峰就是把手上僅有的資料交託給網上搜尋器，寄望在遼闊的互聯網上，有留下盧比度叔叔的一點足跡……然而教他沮喪的，不是在網上找不到任何資料，而是符合相關條件的盧比度叔叔實在多得嚇人。

此時電話剛巧響起，是雪儀，元峰便跟她談起與一羣大叔的首課操練，還有那位摧毀了父親足球夢的「盧比度叔叔」。

「怎麼可能？這個世界怎會有這麼多個盧比度，既是巴西青年隊，亦曾在巴西聖保羅效力？」元峰對着電話筒深深的嘆了口氣。

「我不懂足球，但我知道盧比度這個姓氏在南美和南歐十分普遍，所以有多個既屬巴西青年隊和聖保羅，又叫盧比度的人，其實一點也不出奇。」雪儀淡淡的說。

元峰有點失望：「那豈不是說我怎樣也無法查出盧比度叔叔是誰？」

「其實讓你知道誰是盧比度，甚至讓你找到他又怎樣？難道你以為找到他之後，可以逼他兌現帶世伯到巴西踢球的承諾嗎？」雪儀夾雜了咀嚼聲應道。

「我可沒有這樣盤算，我只是想，如果得到前巴西青年軍成員指導，想必也是一件很有趣的事！」

「你剛才不是說過世伯很痛恨他嗎？你想找他當球隊教練？你沒想過世伯的反應嗎？」雪儀似並不認同元峰這鬼主意。

「唏！我只是說『如果』而已！現在連他的樣貌我也搞不清，更遑論找他當教練……你知嘛，這班大叔雖然不斷吹噓以前多厲害，球技卻十分平庸，想到這個暑假要跟他們待在一起，便覺得很浪費時間。可是若找到那個盧比度叔叔當教練，得到一個前巴西青年軍國腳指導，不只能減少阿爸他們在球場的出醜機會，我也獲益不少呢！」

「所以我說你壞心眼！為了私利不理世伯感受，竟想找一個傷害過你爸爸的人當教練！」

聽到雪儀似乎動了真氣，元峰亦急急補充說：「你別把我說得那麼壞好嗎？雖然阿爸沒有當足球員，但足球對他來說算是第二生命，如果有機會處理他這個童年陰影，或許能減輕他的遺憾。解鈴還須繫鈴人，只有找到那個盧比度，才會機會知道箇中原由！」

雪儀雖然知道元峰的動機並不單純，但亦覺得他的話不無道理，便獻上一計：「其實你可以嘗試縮窄一點範圍，首先既然他可以成為世伯兒時的教練，想必他現時已六十多歲。即是說他成為巴西青年軍時，可能距今有四、五十年，而世伯小學時代已和盧比度叔叔相遇，那麼可能他七十年代末還在聖保羅踢球……你不如試試根據這些資料再篩選，說不定有收穫呢！」

元峰恍然大悟說：「雪儀，你還是辭工吧！轉做私家偵探其實更適合你呢！」然後一直按她的提議搜尋，果然沒多久便在國外一個大概是由聖保羅超級粉絲所建的網站中，找到一幀 150 x 150 的 jpeg 小檔案，還有一段簡單的描述……

「香・盧比度（Roberto Heung），巴西籍華裔，1975 - 1978 年効力聖保羅，因傷患 27 歲退役。」

「是他了！」元峰把連結傳給雪儀，雪儀卻大潑冷水：「這麼有趣！盧比度叔叔竟然是華人？但這張相看起來也是三十多四十年前的舊照片，而且相中還滿臉鬍鬚，加上照片又這麼小……雖然從他的英文拼音 Heung 推斷，他有可能是香港人，只是你拿着這張照片尋人，恐怕福爾摩斯也無法找到他！」

「當然，單憑這些資料並不足夠，但我還有辦法！」元峰反而顯得出奇地樂觀。

2. 被摧毀的少年夢

元峰步出房門，見廳燈已關，只有廚房透出光線，便趨近張望，果然媽媽又在忙這忙那……他知道，自己的機會來了。

「媽，你又在忙什麼？幾乎每晚也見到你在廚房忙過不休，就連樓下茶餐廳的廚工也沒你這麼勤快！」元峰打趣道。

「這有什麼辦法？我不做，難道你兩父子肯做嗎？」媽媽抹着廚櫃，也沒有望過元峰一眼。元峰嗅得媽媽想要在分擔家務的事上借題發揮，便急急轉入正題：

「咦？阿爸是否睡了？心情平伏了沒有？」

「睡了。你何不直接慰問他？」

「怎慰問？我根本不知道發生了什麼事……對了，盧比度叔叔究竟是誰？為何阿爸一聽到他的名字便失常似的？」元峰順藤摸瓜的追問。

媽媽幽幽的嘆了口氣：「唉！你還是別追問了……」

「媽你也真奇怪，又怪我不敢慰問他，但我想多了解父親的過去時你又叫我別追問，很難捉摸呢！」元峰佯裝氣結。

媽媽果然被元峰這番話嗆得無話可說，她頓了頓，然後又朝向廚房門外看，發現沒有什麼動靜，便幽幽的說：「那個盧比度是個騙子，不僅騙了你爺爺的錢，還摧毀了你父親的人生！」

「摧毀了他的人生？莫非他向兒時的爸爸作過一些禽獸不如的行為？」元峰這一驚非同小可。

「別胡說！」媽媽輕輕向元峰的嘴巴送一巴掌：「那個盧比度雖然是個混蛋，但你這樣猜度，會氣死你爸爸呢 —— 我只是說他摧毀了你爸爸的夢想。老實說，若沒有遇上盧比度，你爸爸的足球潛能可能沒法完全釋放出來；但諷刺的是，亦因為他，志偉對足球的夢想才會破滅。」

「媽，別說得這麼玄虛，可以講明白一點嗎？」元峰聽得心癢。就這樣，媽媽就像錄影機般回憶着志偉的少年時……

兒時的志偉，束着一把像被刺猬寄生在頭顱上的髮型，無論在下雨抑或激戰過後，髮型絲毫不見崩塌——他的球技，跟髮型一樣出眾異稟。小時候志偉常常捧着老爺送他的皮球四處走，有次他遇上交通意外，幾乎被一輛貨車撞倒，卻因為他一直死抱皮球，志偉倒地之際皮球的彈力居然令他反彈回路旁！從此他便視足球為自己的好朋友……

「慢着！皮球的彈力竟然可把他彈回行人路？未免誇張得不合情理吧……」元峰搖搖頭覺得難以置信。

「你別打岔好嗎？你爸的確是這樣跟我說嘛！你若不信，我便不說了！」媽媽見元峰立時舉高雙手作投降狀，便繼續這個故事：

把足球當成朋友的志偉，就像一個自閉兒童，事實上除了足球，他彷彿對任何事也提不起興趣。或許因為老爺年輕時是「行船」，還要是當遠洋貨輪的船長，父子倆聚少離多，所以志偉一直視爸爸送的足球為最好的朋友。直至有一年，父親在一次船程中救了落難的盧比度叔叔，從此，這位叔叔啟發了志偉在足球方面的驚人天賦，同樣也為他帶來不得志的人生……

那一年是1979年，志偉還是個七歲的小朋友。

「小孩子，很厲害喔！是誰教你踢球？」志偉在家門的空地前控球時，一把聲音突然從後方傳來。志偉一驚下，皮球從他的腳邊溜走。回頭一看，卻見一個滿面鬍鬚的陌生漢子以笑臉迎着他，鬍鬚漢探腿一挑，皮球立刻彈起，他仰首一迎，毫不費勁便將皮球黏附在自己的額角上。看到這出神入化的技術，小小的志偉從原本的防範，變得像遇上神明般欣喜，纏着這鬍鬚漢說：「很厲害，你是怎樣做到的？教我，教我吧！」

鬍鬚漢摸摸志偉的頭顱說：「好，好，叔叔待會教你。」然後回頭說：「戴先生，你說的果然沒錯，令公子的確頗有足球天分！」志偉順着鬍鬚漢的視線張望——原來是爸爸回家了。

「爸爸！」志偉興奮得甩下鬍鬚漢，立時撲進爸爸的懷抱。爸爸抱着志偉走到鬍鬚漢跟前說：「哈哈，之前我說過這孩子見到你後，一定會纏着你不放，我沒錯吧！盧比度。」

「不錯，這孩子真的不錯！」盧比度滿意的說。

「志偉，爸爸這趟回來沒給你什麼禮物，但帶了一個朋友介紹給你認識。他是盧比度叔叔，是巴西國家隊成員！夠厲害吧！」

聽到爸爸所說的話，志偉更是雙眼放光，傻傻的重複着：「巴西國家隊？巴西國家隊？」然後朝向盧比度問道：「你真是巴西國家隊成員嗎？」

盧比度陪笑說：「孩子，你爸爸說得太誇張了，我只是前巴西青年隊的成員而已……」

志偉爸爸立時打岔道：「這不是一樣嗎？難道要在這個足球王國被選成青年軍成員是一件容易的事嗎？」

志偉望望爸爸，又望望盧比度，只是拼命的點頭表示他的興奮：「教我吧，教我吧！我希望他朝能跟盧比度叔叔一樣厲害！」

盧比度再次摸摸志偉的頭笑說：「好，好，我看你骨格精奇，天生就是踢球的好料子。盧比度叔叔應承你，在你長大後我帶你到巴西踢球，你聽過聖保羅這支球隊嗎？叔叔以前就在那裏踢球的，你用心練習，終有一天我要你成為第一個踏足巴甲的香港足球員！」

「Yeah！」小志偉天真地歡呼。

「第一次見面便說爸爸骨骼精奇適合踢球？未免太似街頭騙案吧……」元峰又忍不住插嘴說。

「但你爸爸卻一直堅信那個盧比度終有一天會帶他到巴西加入聖保羅。」媽媽嘆道。

「唉！小朋友易哄還算了，但估不到爺爺這麼失策，這樣低水平的騙案也中招，莫非對方根本只是個冒認別人的假貨？」元峰替兒時的父親不值。

「這個你可錯了，他的確是前巴西青年軍的盧比度。」媽媽用沒半點抑揚的聲線說：「現在已很晚了，若你再打岔，我便睡覺了！」

「不好不好！」元峰連忙作揖致歉:「你繼續說吧！」

說盧比度是個純粹的騙子其實並不公道，因為他的確在志偉的足球路上給予不少意見。還記得志偉在小學打學界比賽時，盧比度叔叔也會陪奶奶到球場觀看賽事。後來即使他經常香港和巴西兩地往返，亦會不時和志偉通電話，越洋指導……公道點説，志偉能夠在當時成為學界足球的新星，實在少不了盧比度的功勞。及至踏入中學階段，一些體育記者更開始對志偉作出追蹤報道，更揚言他可以成為香港足球聯賽一個矚目的球員，甚至連南華、精工這些老牌勁旅，也曾盛傳有意招攬志偉加盟——他卻不為所動，皆因盧比度叔叔那個「巴西的承諾」。

「盧比度叔叔，早兩天我收到香港職業球隊東方的來電邀請加盟，不過我已拒絕了，究竟叔叔你何時帶我到巴西踢球？」每當接到盧比度叔叔的電話，志偉都會追問着同一個問題。

電話聽筒的另一端，傳來一陣支吾：「志偉，你耐心一點等候吧……不過你放心，其實我已經跟聖保羅方面聯絡，最快下個賽季中你便可以到巴西，但是……」

「但是什麼？」

「但是到巴西踢球，最大的阻力不是你的個人能力，而是一些行政問題。」盧比度嘆道。

「行政問題？」

「對呀！畢竟巴西是一個相對落後的國家，貪污問題嚴重，辦事很多時都要金錢疏通……你知嗎？很多巴西當地人也會用盡一切手段幫助下一代加入聖保羅，競爭十分激烈！其實我已經跟你爸爸說過，但他似乎沒有什麼回應，有機會你便問問他吧！始終機會一旦錯失了便難再有！」

聽到盧比度叔叔這麼說，志偉十分緊張，他多麼想立即質問父親為何議而不決。那幾天，他從沒有試過這麼渴望接到爸爸的電話，故此他幾乎全天候死守在電話機旁。在經過無數次電話響起與失望後，這一次，他終於等到了。

「爸爸！幹嗎這麼久沒打電話回來！」

聽到兒子這麼說，而且聲線懇切，志偉爸爸內心頓時泛起無限溫暖：「呵呵，估不到你已經十多歲了仍這麼掛念爸爸。」

志偉卻沒有這份心情，只是氣沖沖問：「盧比度叔叔是否跟你説過，他已有辦法助我加盟聖保羅？」

志偉爸爸一怔，「嗯」了一聲後卻換來幾秒的沉默，但由於當年長途電話費實在高昂，不容許他靜默太久，逼使他鼓起勇氣跟兒子談論這話題：「他的確有跟我説過，但我覺得盧比度這個人有點可疑……」

「你覺得他不是真正的足球員？不可能！從他身上學到的，令我的球技真的進步良多，現時很多本地職業球隊也邀請我加盟，這都是盧比度叔叔的功勞！」志偉緊握拳頭，口水花不斷濺在聽筒上。

「我當然知道盧比度曾經是個出色的足球員。」爸爸嘗試以平和的聲線緩解志偉的躁動：「但他説要花四十萬來為你疏通，才能助你加盟聖保羅……還是小心一點好。」

「盧比度叔叔不是你的朋友嗎？為何你現在才不信任他？抑或你只是不捨得口袋裏的錢！」志偉愈説愈激動，而爸爸聽到兒子這樣猜度自己，似乎亦動了真氣：

「夠了！你這麼說即是認為我為了吝嗇自己的積蓄而犧牲了你的前途？」

「事實的確如此！」志偉以咆哮聲堅定回應。

這句話又換來幾秒深呼吸聲和沉默，最後卻突然換來掛線的長鳴。

「阿爺很明智，即使我現在聽起來也覺得盧比度是個騙子。」元峰倒了一杯水，呷下一口說。

「你錯了，兩個禮拜後，老爺寄了一張四十萬元的支票回家，並叫你爸爸親自交給盧比度。」媽媽說。

元峰驚訝得幾乎把口中的水和腦海中「咁蠢？」二字也吐了出來：「什麼？阿爺怎麼會這樣失策……」

「不是老爺失策，而是他知道志偉真的很渴望到巴西踢波，所以明知可能有詐，最後還是把錢交給盧比度。最後當然證明你父親所託非人……」媽媽說起這差不多三十年前的糗事時，仍無限惋惜。

「噢……但我有問題，雖然去不了巴西，但為何爸爸連當足球員的夢想也放棄了？之前不是說很多職業球隊

也向他招手嗎？」

媽媽又是深深的嘆了一口氣：「只因這件事對你爸爸的打擊實在太大，他痛恨自己為了堅持那個巴西足球夢，當了傻子之餘，還累及老爺被騙去畢生積蓄……他覺得一切皆因自己太沉迷足球，所以索性放棄足球。可是你爸爸唯一的專長就只有踢球，又不是讀書的料子，最後便跟了老爺的一位朋友做裝修學徒。」

元峰回以一記苦笑：「嗯，我相信若爸爸當年沒有鑽牛角尖，即使無法成為國際球星，至少也可以成為本地球壇名宿吧！」

「現在你明白為何爸爸聽到盧比度這名字時會這麼激動啦！」

「但你們沒想過要把盧比度揪出來？即使無法取回那四十萬，至少也要他向爸爸作出一些補償！」

「怎補償？」媽媽覺得元峰的建議幾近不可能：「他連那四十萬也可能還不到，又怎能還你爸爸那被摧毀了的夢想和人生？」

「總之，一定要他補償……」元峰喃喃地說。

3. 尋找盧比度叔叔

元峰特別相約阿強和國培在金鳳茶餐廳見，將要尋找盧比度叔叔的大計告訴二人，換來連令身邊茶客也為之側目的叫好聲：

「其實昨夜這班大叔在說起盧比度叔叔這個人，我已在想若果真的有一個前巴西國腳做教練，那就真是好極了！」阿強還未及嚥下口中的酥皮蛋撻，說時碎屑橫飛，落到國培的凍奶茶裏。然而國培此刻亦處於亢奮狀態，在全沒留意下便大口骨嘟吞下，說：「光是想想已叫人興奮！可是這班大叔因着你爸爸的緣故，一定不願意多透露盧比度叔叔的任何資料，你是否已有一點頭緒？」

「算是有一點吧！」元峰從褲袋掏出了電話，按了按便把電話遞到二人跟前說：「我在網上搜尋，但原來這幾十年，有很多叫盧比度的球員同時効力過聖保羅，而且又是巴西青年軍成員。後來經我抽絲剝繭仔細研究，他們口中的盧比度叔叔應是這個——叫盧比度．香，Roberto Heung，是個巴西籍華裔球員。」

「什麼？巴西籍華裔？我對舊日的足球歷史也有點認識，但我從沒聽過有華人曾代表巴西隊。」國培覺得難以置信。

「這一點也不出奇，網上說他因為傷病，27 歲已經退役，可能因為這樣而名不見經傳。」元峰回答。

阿強拿着元峰的電話端詳良久，看得眉頭緊皺：「有沒有另外一張相？這張像素太低了，根本難以看清，只知他當時滿臉鬍鬚。其實有沒有他的近照？拿着這張二十多歲的盧比度相片，找今天已是六、七十歲的他，簡直是刻舟求劍！」

見國培和元峰頓時瞪大雙眼，阿強有點詫異：「我有說錯嗎？相片太舊了！」

「不，我不是這個意思，我只是沒想過你竟是說得出『刻舟求劍』這成語而已。」國培說。

元峰亦附和：「對呀，見你平時傳幾句 WhatsApp 短信也一大堆錯別字，居然能準確運用『刻舟求劍』，我覺得這簡直比七十六年才見到一次的哈雷彗星還要罕見！」

「直頭可以媲美在深夜見到『天狗食日』般超自然！」國培哈哈的搶着說。

「夠了！你們總是找機會笑我沒讀書！學歷歧視！」阿強刻意叼起飲管，將奶茶濺向二人的臉上。元峰一口把大半件蛋撻塞進嘴裏，然後對着阿強還擊：「你這個人怎麼可以這樣賤格，做出這些小學雞行為！」目的是刻意把口中的碎屑噴向阿強身上。

「戴元峰，你過多十年八載已準備入老人院，現在還跟我這樣的年輕人玩這無聊的玩意？」阿強以自己年輕元峰幾年的「優勢」來還擊。

「你倆別再搶白好嗎？」國培裝作和氣的說：「話說回來，阿強的話不錯，拿着這張相片實在很難找到盧比度叔叔的！元峰，你是否有什麼計劃？」

元峰頓了頓，但這一頓未免太久，猶如電腦當機般沒半點反應，直至國培「喂」了一聲，元峰才說出故作有禪味的話：「觀察！林源生不是說過盧比度叔叔曾出現在修頓球場嗎？到那裏看看吧！一個熱愛足球的高手，他的神情和氣場必定是與別不同的！」

「！！」看到二人臉上現出無法理解的感嘆號，元峰不屑的冷笑一聲：「你們這些球場上的凡夫俗子，當然不會明白……結賬吧！現在就去修頓球場碰碰運氣！」

茶餐廳跟修頓球場不過三幾分鐘的步程之遙，他們一步進球場，望望大鐘，才下午三時未到，加上暑假的太陽特別猛毒，所以只有那些不怕熱熬的十多歲少年，才會在這被曬得如熱鍋般的石屎地球場上踢球。元峰往觀眾席看了一眼，自信的說：「你們留心一點觀察，一個落泊的足球名宿，心理狀態一定十分複雜——既緬懷球場這片英雄地所帶給他的一切，但同時又不忍面對自己的潦倒，所以他的眼神一定是與別不同，或許孤高中帶點悲涼兼憤世嫉俗……」

不過國培和阿強對元峰的心理分析沒有絲毫興趣，二人索性加快步伐往前走，避開他的絮絮不休，然而望向觀眾席上，那裏大概有十多個大叔：有兩兩三三圍着下棋，有的眼神空洞拿着報紙搧風，也有索性橫卧着在觀眾席上、別個臉呼嚕大睡……他們都各自忙着自己的事，但都有一個共通點，就是視線沒有一刻停留在球場之內。

阿強回頭，揶揄元峰說：「阿『心理學家』，請問你從這班大叔的行為舉止中，找到誰是盧比度叔叔嗎？」

元峰面色一沉，嘴角微微顫動，但很快又故作高明的說：「強，做人正面一點，你每每只顧說洩氣話根本於事無補，你不如做一點積極的事吧！」儘管嘴巴依然逞強，但元峰心底裏也知道，這裏根本沒有他們要找的人 —— 或許真的如阿強所言，自己根本在「刻舟求劍」。

4. 大叔的尊嚴

雖然元峰是「被加入」這支「RJ12」，與一班活在過去輝煌幻想中的大叔成為隊友。然而不管隊友多不濟，只要穿上同一方的球衣，便是榮辱與共的「自己人」，這是球場的法則。所以即使元峰滿口怨言，卻努力在這艘「爛船」上，找到三幾口釘子，好讓大家不要輸得太難看。

經過了幾天操練，這天志偉下班吃過晚飯後，便與元峰一起步行到球場練習。

「你覺得我們在這個特區杯賽事中能走多遠？」志偉問得輕描淡寫。

「我不知道，但我已定下了目標。」元峰說。

「嗯？」

「肯定第一場便出局，但我希望不要輸多過三球，若能在對方身上取得入球，那就算是超額完成。」元峰的不屑，志偉當然聽在耳中，他「嘿」的一笑說：「怎麼對自己這麼沒信心？還未比賽便打定輸數，這樣的心態難怪你現在還未成為獨當一面的球員。」

元峰反白眼，冷冷說：「恐怕是你們這班大叔對自己過於自信吧……」

「一個真正的領袖，是無論你的夥伴有多不濟，你都可以將他們的潛力完全釋放出來，並且凝聚出一種強大的力量。你打定輸數，只不過是沒有成為領袖的志氣而已！況且我告訴你，我、你的舅父，還有一班 Uncle，雖然身體狀況不及當年，但我們仍然有技術。更重要是，我們本來的足球生命已經死了，但現在竟有機會『還陽』，所以大家一定會拼盡，不要讓自己留有遺憾。相信大家的表現很快也會脫胎換骨，你走着瞧吧！」

元峰聽到父親竟然將這次比賽比喻為「還陽」，不禁一怔：「你未免說得太誇張吧……」

「一點也不誇張，試想像你在十多二十歲，正值人生最燦爛的時候，卻突然死去，若果有機會讓你重回人間，哪怕只是一點時間，你也希望嘗試盡一切努力，圓滿那份遺憾。當年你父親——我，曾經代表香港學界參加國際比賽，更幾乎有機會到外國踢球！」志偉望了望元峰，嘆了口氣續道：「不過，我知道你一定不相信……」

「的確是難以置信——」元峰說來語調平和，沒有半點挑釁：「最後沒有成行，是因為那個盧比度叔叔？」

志偉面色一沉，沒想到元峰此刻竟談及這個人，再次變臉說：「別要說這個騙子了！」

「那個 Roberto Heung 究竟騙了你什麼？」元峰忍不住要揭開真相。

「你怎知道盧比度就是Roberto Heung？」志偉驚問。

元峰頓時冒出滿頭冷汗支吾着，因為他知道不能說自己正在找尋父親的死敵，在慌亂下勉強砌出一個理由：「阿……阿強是聖保羅的……超級球迷嘛！當日林源生說起這名字，他便知道大概是指那個 Roberto Heung……不要探究了！究竟那個盧比度怎樣欺騙你？他是假貨嗎？」

「是真的又怎樣？真的也可以是騙子！」志偉將滿腔的怒氣使勁握緊「封印」在雙拳中。

「但為何你不向他討債？他為什麼要騙你？為

何……」元峰以記者的口吻連番追問。

「好了！不・要・再・問・了！別影響我練習的心情！」志偉說得斬釘截鐵，快步走進球場，元峰亦急急追上，但已嚇得連呼吸也不敢過於張揚……

* * *

「衝・力・射——」志偉口中唸唸有詞，像芭蕾舞蹈員把右腳高高抬起，身體傾前，猶如一個豎立在球場上的「T」字。待吐出「球」一字，便奮力一踢，皮球就如火箭往天空發射，正當球兒的去勢看似要在底線的上空越過之際，突然在半空中急墮，還直往球門墜落。健威全神貫注，左腳原地一蹬，為身體橫移注入更大的動力，但皮球去勢顯然超出他的預算——他恐懼，因為他誤判，健威發現即使自己把身體伸展極致，指尖還是無法接觸到皮球。但戴起門將手套，就要捍衛守門員的尊嚴，即使明知不可及，仍堅持要以飛撲完成整個救球動作……

「颯——」皮球重重打中球網，發出清脆的聲響，但志偉並沒有半點雀躍，原來皮球剛好越過門楣，打在球網頂部。

「好險！」健威大腳開出龍門球，邵志強在中圈附近迎接，元峰立時緊貼在他身後施壓，但邵志強知道防守的是元峰，亦頓時抖擻精神，架起雙臂以身位卡着對方，一心要跟他來一場純比拼力氣的剛陽對決。

「嘩！很強的殺氣！」元峰從邵志強繃緊的四肢肌肉，還有眉宇間堅執的眼神，意會到對方恍似要將所有尊嚴和力量全押在這次力量對決中。元峰一剎那的恍惚，令邵志強在這次皮球爭奪戰中稍佔上風——他張開胸膛讓皮球打在自己胸口上，卻沒有停下球，而是直接反彈給從後殺上的阿強，利用其極速突圍。元峰見狀自然不敢怠慢，丟下邵志強轉身追纏阿強，連番的手拉腳探，希望能挑走對方的腳下球。雖然元峰的速度不及阿強飛快，阿強的體格卻又不及元峰強壯。結果經過一番追纏，阿強始終亦無法起動其「飛毛腿」，但同樣元峰同樣也無法搶走對方腳下球。最後元峰以寬厚的肩頭使暗勁往阿強的身體一靠，果然令對方一個踉蹌幾乎失去平衡。

元峰咧出一絲蠱惑的獰笑，以為可以輕易奪走皮球，估不到在狼狽之間阿強竟以腳跟輕輕往後一敲，把球讓給身後的國培，而國培亦第一時間以「掃把腳」向前一撞，皮球即劃出一道拋物線越過了元峰，並剛好落在已到達禁區邊緣的邵志強身旁！高真五大喝一聲，像一輛雙層巴士般「駛」到跟前，頓時為球門設下一道密不透風的屏障。邵志強一怔，大概沒想到已進化成河馬身形的高真五竟還有如此敏捷反應── 他沒有嘗試以假身晃開對手，亦沒有以霸道的「直線盤球」突入，而是拉起後腿直接射門！

「猛．虎．射．球！」

見到這熟悉的姿態，高真五的嘴角竟然翹出自信的笑容，暗忖：「當年打學界比賽時，我尚且也不怕你的猛虎射球，更何況現在你的腿力肯定不及少年，而我腹中的贅肉則不知增了多少圈，恐怕在我面前，那不過是『病貓射球』而已！」高真五站穩馬步，準備硬生生用身上厚厚的脂肪截停這記射門。

殊不知邵志強卻「嘿」了一聲說：「你中計了！」他依然將渾身勁力注入右腿，皮球如砲彈般發射出去，但它卻沒有如高真五預期的擊向自己的身體，而是在他胯下平飛轟出。當高真五意識到要把雙腿閉上時顯然已太遲，皮球已如猛虎般直朝向球門撲擊。

「嘿！從小我已經說過，沒有人可以在禁區外射破我的十指關，這次也不會例外！」林源生橫身一臥，雙手已擋住了皮球，可是這記射門的力量實在太猛烈，他根本無法接牢來球，只能勉強拍出。估不到林和富此時像幽靈般突然在門前出現，輕鬆補上一腳射向空門——

「Goaaaaaaaaaaaal……」和富竟興奮得像少年十五二十時般大叫起來，與邵志強等摟作一團慶祝。

一心回防最後卻成為失球的「見證者」，泰萊跟林源生抬槓起來：「源生，記得小時候你常說沒有人可以在禁區外射破你十指關，現在怎麼了？」

「的確如是，但我可沒說過禁區內的射門也可以嘛！況且你回防不力，你也要負上失球的責任。」林源生反昏相識。

「好啦好啦！大家不要吵了，不如我們在場邊稍稍休息吧！」每當有爭執，良仔總是充當和事佬。

「什麼？又休息？這次我們不過是踢了二十分鐘而已！」國培驚訝問道。

「呵呵呵，現在不過是練習賽，況且我們這班中年大叔不像你們，若過度訓練很容易受傷，所以多作休息，確保比賽前肌肉不會太操勞。」良仔搭着國培的肩頭說。

此時邵志強從冰桶中掏出一支能量飲料，遞給元峰，說：「小子，怎樣，阿叔我算有點料子吧！」

元峰旋開了樽蓋，啖下了一口後說：「的確，以你這樣的年紀，能有這樣的射門勁度也不簡單！」

邵志強對終於得到這後輩的認同，顯得十分高興，也不吝嗇對其他人的誇讚：「其實我覺得今天大家的表現也大有進步，就像我們取得入球之前，志偉那記高空曲墜的射球，亦頗有當年『衝力射球』的六七成工夫。」

志偉虎噬了半瓶飲料才應道：「當然啦，這陣子我每個清晨也到樓下跑步和鍛鍊腿力嘛！」

元峰驚訝得瞪大雙眼問：「真的嗎？怎麼我不知道？」

志偉說：「你當然不知道，我每朝五點起來練習，回來洗澡兼吃完早餐才不過七點半，那時你還睡得像頭豬！」元峰沒趣的反了反白眼，引來大家哈哈大笑後，邵志強亦興致勃勃說：「其實最近我也痛下了苦功，就是沿用當年吉良教練的練習方法——」

「什麼？你到沙灘練習嗎？」德仔搶着問。

邵志強挺起胸膛自信地說：「無錯！識練，一定這樣練！」

「但真的有用嗎？」阿強好奇問道。

「當然有用！我的猛虎射球就是靠不斷逆着海浪施射而練成的！」邵志強自信滿滿的說。

「嗯！我記得香港球壇名宿林尚義，在球員時代以『重炮』聞名，他同樣是在水中練習射門，因為皮球被浸濕了會變得更重，需要更大的力氣才能踢出皮球，終練成重炮絕技！」國培和應。

邵志強笑得更盡興：「哈哈！現在知道我們不是只會

吹噓的大叔了嗎？世侄，不如改天跟阿叔我一起到沙灘練習練習，如何？」

「哈，哈，找天吧……」阿強僵硬的笑容背後，是想到儘管在沙灘揮灑着忘我的汗水，是相當青春熱血兼能吸引異性的舉動，但身旁若只是一幫中年大叔，吸引女生的程度肯定銳減。

邵志強突然又再問元峰：「怎樣？元峰，你對我們這班大叔會否有種士別三日，刮目相看的感覺？」

元峰亦認真地說：「按你們現時的狀態，遇上平均年齡 30 多 40 歲的球隊，應該問題不大，可是一旦遇到年輕球隊，哪怕只是乙丙組的球隊，相信亦難以招架！」

「什麼？不可能吧！別老是把我們說得那麼差吧……」泰萊無法認同元峰這番見解。

「舅父，你先聽我說吧！其實我覺得你們已進步了不少，可是這並不足夠，因為就算丙組球員即使技術平平，但他們勝在年輕力壯，而且有教練從旁指揮兼制定戰術，所以他們的整體作戰能力亦遠超一般業餘球隊……」

「我們雖然不是職業球員，但又豈能將我們跟一些水平低下的業餘人士相比？」邵志強又再次嘮叨起來。

說話較圓滑的國培補充說：「其實元峰的意思正是你們的個人技術雖佳，但要取得最後勝利，始終是需要一個能完全發揮你們整體實力的教練！」

當然，大家的心裏其實都有一個理想人選，只是誰也不敢宣之以口，只敢面面相覷。

「找良仔充當球員兼教練吧！反正他曾經是甲組足球員，最有實戰經驗……」志偉卻急急推銷起良仔，似是要杜絕各人對盧比度叔叔的遐想。

其實眾人也無法認同志偉的建議，但沒想到反應最大的竟是良仔，他急急搖頭擺手說：「不好！從小到大，你們都是獨當一面的領袖，如果反過來要我指點你們，我也不習慣呢！」

「不不不，良仔，你不要推卻吧！我們當中只有你曾長期接受正規訓練，你大可將當年你們的訓練模式和戰術，照辦煮碗用到我們身上！」看到志偉依然鍥而不捨要把自己推舉為教練，良仔頓時冒出尷尬的冷汗，只好說：「其實即使沒有教練也可以贏得比賽，你看看荷蘭隊前鋒洛賓，常常以一敵十，依然可以助球隊取勝；我們個個都是獨當一面的，就像有十一個洛賓，只要各自發揮最佳水平就已經足夠呢！」

「說得真對！」

「這正是我的想法！」

「畢竟曾經當過職業球員，對足球的理解果然夠清晰！」

對於良仔的見解，一眾自覺天賦過人的大叔似乎十分受落，只有元峰和阿強等站在一旁呆望着，嘴角發出不知所措的顫動。

「邵志強大叔真的似洛賓嗎？他們真的可以不用教練純靠『天分』取勝嗎？」本來如此無稽的講法元峰絕不會放在心裏，但偏偏說這話的人，正是一位久經沙場的球壇名宿，這的確令他百思不解……

就在各人忙着把物資搬上邵志強的客貨車時，元峰特意悄悄的把良仔拉到一旁，問：「良叔，剛才你不是認真的嘛？天分高的人根本不需要教練指導？你真的這麼認為？」

良仔先是有點詫異，隨即又回復笑臉說：「對他們來說的確是這樣，但對你來說肯定行不通。」

聽到這回覆，元峰有點不服氣：「難道你覺得我的天資比不上這班大叔嗎？」

「呵呵，不是……」良仔拍了拍他肩頭：「因為你還年輕，還有能力改變，還容得下別人的提醒，所以一個好教練對你有幫助；但我們呢，已一把年紀了，一來即使想進步亦力不從心；二來『經驗』不一定使人變得有智慧，也會令人變得更頑固，不輕易接受別人的意見與批評。除非找到一個具分量的教練，但那個肯定不是我。」

「你不夠分量？」元峰頓了頓：「那麼 Roberto Heung 又是否夠分量？」

良仔有點詫異，雖然林源生曾經在元峰面前談及過盧比度叔叔，但沒想到他竟然單憑這如此普通的譯名，便查出其真正身分。

「你認為找到盧比度叔叔做教練，是否可以增加球隊的勝算？」元峰追問。

良仔搖搖頭道：「我勸你還是別想着找他吧！志偉一定接受不了。」

「我在問，你認為找到盧比度叔叔做教練，是否可以增加球隊的勝算？」元峰重複了一遍，眼神十分堅定。這反惹起了良仔的好奇：

「怎麼你好像全不理會父親的感受？你知道他為何這麼討厭盧比度叔叔嗎？」

「我知道。」元峰這麼說更惹起良仔的好奇。

「但我同時知道，父親還有其他大叔真的從渴望在球場證明自己，圓滿當年沒有實踐自己夢想的遺憾。想贏，就要付出，包括要克服不愉快的經驗，敢於面對你不想再見的人……當然，若果盧比度叔叔只是個言過其實之輩，我自然也不贊成父親再面對他；但若然他真的有此本事，我又覺得可以一試……」

「嗯……你果然有你父親當年那種矢志求勝的傲氣……」良仔頓了頓：「我可以告訴你，盧比度叔叔對足球戰術運用的能力，是我當了職業員球二十多年，也沒有遇到一個能跟他相比的，所以若果能找到他當教練，肯定對我們大有幫助！」

「好！就憑你這句話，我一定會盡力把他抓出來！」元峰顯得躊躇滿志。

「哈哈，估不到你對我們這班大叔的比賽也這麼上心！」對於良仔的讚賞，元峰只是笑而不語。他如此落力，一方面是希望能遇上這個足球「世外高人」，另一個原因，是覬覦父親所承諾的二萬元冠軍獎金⋯⋯

當然，能否找到盧比度叔叔，元峰根本沒有把握，但是為了避免付出的汗水只換來廉價的回報，無論如何，他都要找到盧比度叔叔。

5. 守株待兔

「守株待兔」這句成語，小時候誰也學過，起初元峰以為解作「一個懶人希望不勞而獲」，但現在他認為解作「一個傻瓜的堅持」可能更合適……

「今日還要去修頓找那個盧比度叔叔嗎？」阿強怨懟地問元峰。

「當然啦！反正我們也沒事做。」元峰說。

「你沒事做而已，我可不想繼續這樣蹉跎歲月！在這個青春煥發的暑假裏，我要尋找初戀！」阿強大聲疾呼。

「！！！」聽到阿強帶有偽文青氣息的發情呼告，元峰和國培再次被嚇得怔住了。

「我發覺你最近很古怪，說話總是充滿幾十年前的愛情故事情懷……」元峰出奇不意地挾着他的頸項，大喝一聲：「快講！是不是認識了一個愛看瓊瑤兼常到沙灘拾貝兼聽沙浪聲的文藝女生？」

「我不許你這樣恥笑她！」阿強奮力掙開，怒目睥睨。

「快點說吧！說吧！究竟是誰？」國培和元峰立時換上吃吃笑的嘴臉追問。

「看看你倆的八卦衰相吧！總之我絕不會告訴你們的！還有今天別旨意我會陪你找那個不知是否存在的盧比度叔叔！」阿強回絕得斬釘截鐵。

「我怎敢阻礙你？我倆去找好了——」但元峰話語未畢，國培急急打岔：「不是『我倆』，我也有事做，你自己一個人找吧！反正你才是無所事事。」

元峰好生失望，像個洩了氣的皮球說：「不是嘛！你又沒空？陪我找一會兒也可以吧！」

「好吧好吧……」國培勉為其難的說，突然一怔，指向遠處說：「咦！你看看，人叢中那個穿着藍色外衣的，有點似盧比度叔叔，我們追上去看看吧！」

元峰一看，果真見一個藍色外衣的背影，即拔足追上前，繞到其身旁裝作不經意一瞟，發覺原來只是一個蓄短髮的中年大嬸，便失望地轉過頭說：「根本不似盧比度叔叔，你認錯——」說了一半，卻發現國培根本並不在自己身邊，他抬頭四處張望，卻發現對面馬路的遠處，有兩個熟悉的身影，頭也不回的三步併着兩步地急步逃竄！

「可惡！沒義氣！」中了「調虎離山」之計的元峰，喃喃自語暗罵，反惹來身邊幾個途人的奇異目光。不知是尷尬還是怒氣不能外洩，元峰漲紅了臉，漫無目的在街上走呀走，卻不自覺地又走進了修頓球場——這天下午，天氣還是這麼炎熱，太陽依舊如此猛烈，元峰緩緩走上看台，挑了最高的一排位置坐下。石屎球場上一個人也沒有，看台上亦只有幾名大叔。元峰剎那發現，這個看台似有一股神秘的力量，彷彿只要一坐着，就會被攝去了魂魄——因為看台上的人，除了有一個以免費報蓋着自己的頭顱橫臥而睡的伯伯外，其餘的人都是目瞪口呆、動也不動的坐着，就像融入於看台上的一尊又一尊雕塑，包括元峰自己。

To be number one，running like the wind……

突然褲袋裏傳來一陣電話鈴聲，元峰掏出來一看，是雪儀：「喂，你們又在找那個盧比度叔叔嗎？」

「不是我們，只有我一個。」元峰沒趣的說。

「哈哈！」雪儀乾笑了幾聲：「正常！你這樣做根本只是守株待兔，若我是你的那兩個朋友，也不會陪你幹這事。」

「夠了夠了……」元峰有點不耐煩，卻又很快把情緒壓下：「今晚有沒有空？吃飯吧！」

「好呀，但我還有個多小時才下班，哪裏等？」

「你下班過來修頓找我吧，然後再想想到哪裏吃。」

掛了線後，元峰彷彿感到才凝住了魂魄，又在一點一點的四散。他望着前方，視線卻找不到焦點；他聽到腕表的秒針「的答的答」走滿一圈又一圈，時間就這樣在不知不覺間流逝……

「戴元峰！」一聲咆哮再次把他的魂魄召回到肉體，他一回神，才發現已經天黑，圍在修頓四周的大燈，把球場照得又光又白。

「來幫我吧！還在發夢？」只見雪儀一身 OL 裝束，腰旁掛了一個小手袋，雙手卻捧着兩包印上偌大 M 字的快餐店紙袋。元峰一邊急急從看台跨下，接過她手上那兩袋食物，一邊說：「不是說好了到附近吃飯麼？為何你會買外賣？」

「你說要在這裏尋人嘛，那索性在這裏吃，陪你慢慢等。」雪儀輕描淡寫的說。

元峰引領雪儀走到最頂層的觀眾席坐下，他把食物放在二人中間，雪儀便利落地把紙袋撕開，將兩包薯條堆成一座小丘，然後又為兩杯汽水杵下飲管……元峰呆呆的望着一身西裙套裝的雪儀，腦海裏卻想起不知何時看過一篇叫什麼〈一個女孩肯為男生捱「麥記」〉的潮文……

「多謝你。」

「你傻了嗎？幹嗎無端端講多謝？」雪儀冷冷的說。

元峰沒有解釋，仍然是那個傻呼呼的樣子，便捏起一根薯條放進嘴裏——

「睇住呀！」

就在元峰沉浸在這份無以名狀的幸福感中之際，突然被一把震撼的聲音喚醒。雪儀一抬眼，只見一個皮球正朝向自己轟過來，由於實在太猛太突然，她的身子竟然完全僵直了，一動也不能動，想歇斯底里地驚呼，卻發現恐懼已把她的喉頭重重的壓下，當下僅能作出的反應，就只有發出絕望的悶哼。

雪儀眼見皮球快要打在自己的粉臉上時，突然一襲黑影在自己面前掠過，響起「啪」的一聲，但出奇地她沒有絲毫痛感。待散失的視線找回焦點後，雪儀才驚覺元峰的右腿正攔在自己面前，擋住了那記絕對能把她擊暈的「流彈」。

球場上有幾個年輕人知道自己幾乎闖禍，立時朝向觀眾席跟雪儀和元峰作遙距道歉。作為球員的元峰，當然明白踢球時難免殺紅了眼，對方只是無心之失，故此輕輕揚手作罷。

元峰回過頭來，正想要誇讚雪儀在危急中依然沒有失控驚叫，才驚覺她的臉龐猶如一顆發亮了的神枱燈泡般火紅——「你沒事吧？」元峰以手背探雪儀的額角，竟熱得像剛從廚房端出來的石窩。

「……」

「你不要嚇我，說句話好嗎？」

「……」

元峰顯得不知所措，便把汽水遞到她的嘴邊說：「喝一口汽水壓驚吧……」

「我已經嚇得要死了，你還在說這些無聊話！什麼『喝汽水壓驚』！」此時雪儀終像被「解穴」般，並隨即將內心的恐懼化成暴力，不斷搥打元峰的手臂洩憤。

「哎呀哎呀，我怎知呢……」元峰投以一個無辜的眼神說。

「年輕人，你的運動神經很厲害，平日也有踢球嗎？」就在元峰繼續被暴打之際，一把聲音突然響起，元峰和雪儀四處張望，卻只見各人都「忙着」發自己的呆。二人面面相覷，雪儀面上的血色褪去大半，聲音有點顫抖地問：「是幻聽嗎？」

「真估不到時下的年輕人膽子這麼小！」神祕的聲音再次傳來的同時，只見對下兩排的觀眾席上突然有點異動，一張報紙緩緩的退開，露出一張滿是鬍鬚的大叔臉。

元峰知道不是什麼靈異事件，便板着臉說：「不是我們膽小，是你太神化而已。」

鬍鬚大叔緩緩的坐正身子，盡情地伸起懶腰，關節格格作響。他稍稍調節坐姿面向元峰，只是再次重複着：「年輕人，你的運動神經很厲害，平日也有踢球嗎？」

「有，常常踢。」感懷自己發展平庸的元峰，刻意沒說明自己根本是個足球員。

「呵呵，很好，不踢足球可浪費了你的天賦呢！看你剛才的反應這麼敏捷，出腳這麼準確，憑這份對足球去勢的預判和身體調整性，只要遇上好教練，你絕對可成為一位好球員呢！」聽着這鬍鬚漢一派頭頭是道的分析，元峰並沒有一種遇到百樂的感動，因為每個在球場看台流連的大叔，大多有以專業口吻品評每個踢球者的能力。

「哦……是嗎？謝謝。」元峰隨便的虛應，便繼續吃着手上的漢堡包。

鬍鬚漢對於被元峰冷待似乎毫不在意，逕自在說：「年輕人，你走運了，竟然有這麼一個斯文女孩跟你到球場睇波吃快餐……看到你倆，就讓我想起幾十年前的一個徒弟，身邊也有一個很好的女孩。那孩子的球技很了得，以他的本事，絕對可以到『足球王國』巴西踢球……」

「到巴西踢球？」元峰先是一怔，按捺着繼續聽他說下去。

「那孩子的足球天分很高，在我的指導下，他很快便成為學界足球明星，在代表香港踢『高菲亞杯』時，即使面對世界各地的足球精英仍不落下風──」鬍鬚漢頓了頓失笑道：「不過我想你也不知道我在說什麼了。

聽到對方這番話，元峰幾乎肯定眼前這個鬍鬚漢正是自己要找的人。「你是 Roberto Heung 盧比度叔叔嗎？那個前聖保羅兼巴西青年軍選手？我找你很久了！」

鬍鬚漢錯愕中又有點欣喜的反問：「你認識我？」

「你剛才所說的那個球技好得可以到巴西踢球的人，是我爸爸。」

盧比度叔叔這一驚實在非同小可，他突然拔足而逃，但比他年輕四十多年的元峰，只消三兩個跨步，就已攔在他的前面。

盧比度叔叔見逃走無望，便突然擺出一副賴皮的嘴臉叫囂：「你想怎樣？你是代父親追數嗎？我告訴你，我根本沒有錢，即使告我也沒錢賠給你！」

元峰心平氣和地說：「老實講，若果我一心來討債，聽到你這番賴皮話，肯定會狠狠揍你一頓，但你放心，我不是代父討債的。」

聽到元峰這麼說，盧比度叔叔稍為放下戒備，道：「那你找我有什麼事？」

「找你完成三十年前未盡的責任，當戴志偉和麥泰萊等人的教練。」

盧比度叔叔先是一怔，然後便放聲大笑說：「哈哈……你在說笑嗎？那個傻孩子大概已四十多歲了，還在發着那無聊的足球夢？」他愈笑愈放任，終於嗆得不斷咳嗽，催出不止的眼淚：「唉……真的笑死我了。」

聽着盧比度叔叔笑聲雖響，但不由衷，就像要刻意掩飾心中的悲涼，元峰並沒有反駁，只是繼續以平淡的語調說：「桑杉純 uncle 早陣子心臟病過身了，但臨死前他已報名參加今屆特區杯足球賽，我爸爸還有邵志強一班大叔為了完成他的遺願才決定參賽。只可惜他們的踢法太個人主義，缺乏整體作戰能力，而良叔則說你是當他們教練的適當人選——」

盧比度叔叔聽罷又是一陣自虐式的乾笑道：「看來你父親的生活倒真不錯，竟然有這等閒情替人完成遺願？阿叔我很忙的，才沒空跟你們玩這孩子的玩意！」

「唉……真可惜！」元峰無限惋惜：「我聽聞良叔說你不僅球技出眾，而且更可稱為一代『戰術大師』，他說只要得到你的指導，便可成為無敵之師了！」

果然上了年紀的男人總愛聽吹捧說話，盧比度叔叔頓時變臉，揚揚眉說：「那當然啦，不怕老實跟你說，要不是當年我患有眼疾而最終未能來港踢球，恐怕南寧加和連尼加賀夫也被我比下去！」

「對對對！」元峰唯唯諾諾的點頭，但其實他根本不知南寧加和連尼加賀夫是誰。

剎那回味昔日的輝煌後，盧比度叔叔問道：「你口中那個『良叔』是誰？」

「是石奇良，曾經是香港代表隊成員，跟我爸爸是中學時的隊友，你記得他嗎？」

盧比度叔叔恍然大悟說：「記得！良仔嘛！他竟然當

了足球員？當年論球技最平平無奇的是他，估不到他當了足球員！」

「咦？前輩，怎麼你好像從沒留意本地球壇？我還以為像你這樣的名宿，多少也跟球圈有一點連繫。」元峰好奇問。

盧比度叔叔搖了搖頭，然後緩緩的坐下：「沒有，沒心情。」

「其實以前輩的背景，即使無法做足球員，當足球教練也絕對夠資格！」元峰說時多添幾分誠懇殷切。

「算了吧，時間過去了便回不了頭，怎麼也不能。」盧比度叔叔無限神傷地說。

「話可不是這麼說！」元峰扯高嗓門道：「就好像我爸爸，儘管他沒可能成為職業足球員，但哪怕只是業餘賽，他也堅持全力以赴，這就是對足球的一份尊重！其實你甘心這樣嗎？你甘心所有喜歡足球的後輩竟然不識你盧比度叔叔這個人嗎？若我是你，我真的不甘心！」

盧比度叔叔笑了幾聲，笑得十分悽慘，然後拍了拍元峰的肩頭：「小伙子，你知我年紀多大嗎？66 歲了！

人生隨時走完，還跟我說甘不甘心？老實說，若二十年前你這樣問我或許有用，但你現在跟一個已經領取生果金的老人家講理想？未免太遲了吧！況且我亦無法面對你的父親，而相信他亦不想見到我……還是算了吧！」

望着盧比度叔叔那份無望的頹然，元峰亦不想死纏下去，呆了半晌後說：「下星期三七點將是我們首場比賽，地點剛好在這裏，即使你不敢跟他們相認，在觀眾席遠遠的看着，當作是默默支持他們吧！」

盧比度叔叔沒應承，亦沒拒絕，只是站起來，頭也不回轉身便走，擺擺手說：「吃飯去，你倆慢慢坐吧。」

雪儀亦從座位走下來說：「你覺得他會應承當教練嗎？」

「我想機會不大吧……」元峰亦有點無奈地說：「唉，算了吧！不過就算他真的願意當教練，我也不敢抱很大期望，看他的樣子根本只是一個尋常的潦倒阿伯而已。」

* * *

這番對盧比度叔叔的觀感，元峰在第二天給阿強和國培複述多一遍。

「正常！我一點也不意外，大叔愛胡謅是常識吧！」阿強說。

「那怎麼辦？若沒有一個像樣的教練，即使我們三人再落力，大概也會輸得一敗塗地的！」國培憂心地說。

元峰無奈道：「沒辦法了，慶幸首戰對手全是業餘選手，只要我們三人多走一步，也不是沒有勝算。」

「什麼？你的意思是說要我們以三人之力，對抗敵方 11 人？未免太天荒夜譚了吧！」國培搖頭說。

「我可認為這是個很有趣的挑戰呢！」阿強卻顯得躍躍欲試，「雖然這不過是業餘賽事，但若果我們真的能以三人戰勝 11 人，肯定會成為賽事的焦點，說不定教練會對我們另眼相看，增加日後擔任正選的機會呢！」

「都是阿強明白我的心意。」元峰說。

「嘿嘿，但你倆這麼想，未免太不自量力吧！」國培冷笑應道。

阿強嘴角翹起不屑的笑容回敬：「平庸的人又怎會明

瞭天才的志向？我不會怪你的，國培……」

「什麼？你是『天才』？天生蠢才吧？」

「哎呀！你倆不要再吵吧！這場賽事畢竟是屬於我父親和一眾大叔的，自然要先讓他們『過足癮』，然而一旦比賽進入絕境時，我們要有心理準備，由我們三人接管比賽！」元峰緊握拳頭，決心隨時揭竿起義。

第四章 美麗幻想 VS 殘酷現實

幸福，究竟是屬於實踐自己理想的人，
還是將理想只停留於嘴巴的人？
實踐理想，意味着需要面對殘酷的現實。
你，準備好沒有？

1. 第一戰 —— RJ12 vs. 東方猛龍

這一晚，RJ12 終於迎來特區杯的第一戰。志偉等人昂首闊步踏進修頓球場，卻隨即泛起淡淡的悵然 ——

「怎麼觀眾比當年的學界比賽還要少！」邵志強瞟了瞟觀眾席後，失望得再沒有多看一眼。

元峰開解說：「看開一點吧，現在就算是職業球賽，也沒有多少球迷願意入場，更何況這些業餘賽事？」

「各位叔叔！」就在此時，場邊突然傳來一把孩子的聲音，原來是桑杉純那個 8 歲的兒子，陪伴他的，是桑杉純生前的助手偉文，還有之前因為腿傷而一直沒有出現的葵新悟。

「咦？你的腿沒事嗎？」泰萊問。

葵新悟輕敲自己的右腿打趣說：「康復了，可以踢波了！所以待會你們一定要贏，別害我之後沒有出場機會。」

「贏球不是問題，只怕你欠缺比賽狀態，會成為我們的負累！」邵志強不改充滿挑釁的語氣。

「嘿！笑話！我比你們年輕幾歲，這點腿傷對我根本沒有半點影響，你小心自己的正選位置吧！邵志強。」原來葵新悟在鬥嘴方面亦非省油燈。

「哈哈，看來你們已準備就緒了！」站在一旁的偉文笑說。

「當然啦！這場比賽不僅為我們自己而戰，同樣為桑杉純而戰嘛！」松山緊握拳頭說。

偉文報以一笑，然後摸摸身旁孩子的頭頂說：「大概繼承了老闆對足球的熱愛，少爺也很喜歡足球，一早便纏着我要帶他來看比賽。」

「叔叔，加油呀！」看到這小孩一臉稚氣，眾人更下定決心，為了不讓孩子失望，一定要贏賽事！

偉文看到這班中年大叔身上正散發出火焰般的士氣！

一場業餘賽事，還要是初賽，賽前當然沒有什麼繁文縟節，只是雙方隊長握握手，球證擲毫決定開球一方誰屬，球賽便隨即展開。元峰和阿強迅速打量對方每個球員，大概都是年約三十左右的壯年，論氣力肯定完勝自己身邊的大叔隊友；可是見他們部分人身上有些遮掩不了的贅肉，他倆亦心頭一寬，立時耳語起來：

「你見到嗎？」

「我見到，雖然他們這隊叫『東方猛龍』，但更似是肥美的乳豬 —— 大部分人肌肉鬆弛，爆發力、速度和氣力上應該遠不及我們三人。」阿強嘴唇微微顫動着。

「很好！待會我們要好好配合了！」

「慢着！你又想施展什麼該死的『裂蹴折射』嗎？」阿強大為緊張。

「不不不。」元峰輕聲安撫着：「這招當然是在非不得已的情況下才用，我的意思是說……」

「慢着！什麼叫『非不得已的情況』？是任何情況下也不可以用！」阿強急於澄清。

聽到二人壓着嗓門地爭吵，身邊的松山也忍不住問道：「對了，聽你們一直說『裂蹴折射』，卻總是沒機會看到，待會你倆便施展出來吧！」松山一說出口，隨即惹來阿強怒目睥睨。

國培拍拍松山的手臂，說：「這卻不可，因為萬一球進不了，損失的一定是我們。皆因有一次元峰過早使用這招，不知是否距離太近或用力過猛，竟然直接將阿強省昏了！所以為何元峰說非不得已才會用這招。」

松山半信半疑的說：「你這三個小子，常說我們把自己的絕招描述得太誇張，看來你們的誇張程度比我們更甚呢！」

阿強索性反了反白眼，懶得說下去，逕自的拉筋壓腿，然後等待球證隨時吹響開球的鳴聲——

守門員：林源生

後衛：德仔　高真五　良仔　國培

中場：阿強　元峰　志偉　和富

前鋒：邵志強　泰棻

嗶——

球賽一開始，志偉就像一頭餓瘋了的老狼，往對手腳下的獵物撲過去，對方 8 號球員未待志偉走近，就已經把球傳給隊友。此刻一襲黑影突然從眾人眼前掠過，如黑旋風般捲走了皮球。眾人未及反應之際，阿強已如野狗偷到獵物後極速往敵方陣地逃竄——

「好波！」志偉和邵志強緊隨着阿強追上去。或者因為從小到大，他倆都是習慣控球在腳，主導賽事，所以二人不斷在阿強身後呼喚着要球，就像一對冥頑不靈的冤靈拼命向阿強招手。

「這兩個大叔很煩！」阿強心裏暗忖，眼睛依然盯着敵方的球門疾走，但對方的 4 號和 6 號的反應亦十分迅速，很快已包抄攔在阿強面前。由於球賽才剛開始，阿強亦無意硬闖，於是他把皮球踩停，然後輕輕將皮球撞給尾隨的冤靈邵志強。

邵志強再喊一聲：「好波！」阿強明白只要誰肯傳球，也可以換來他這番讚賞。得到皮球後的邵志強，亦立時解除了他對阿強雷達般的眼神，將視線定焦在敵方的球門、腳上的皮球，還有自己的世界——那個即使隊友怎樣呼喚也闖不進的世界。

邵志強如一輛坦克般直線推進，彷彿要「鎮壓」嘗試反抗的對手。雖然他的殺氣正盛，但4號小覷對方畢竟只是個中年大叔，而且自覺身形亦比對方寬厚，立刻站穩了馬步，決心與邵志強在氣力上一較高下——

「嘿嘿，有意思！」邵志強似乎亦意會到4號的想法，運球直衝。4號亦趨前聳起肩頭相抵，看看究竟是對手被撞得失去平衡丟球，還是自己被撞飛所鎮守的領域。就在兩個肩頭相抵的一剎，4號感到右邊身子一陣痲痺，然後一屁股坐在地上，仰視着在自己身旁掠過的邵志強，他頓時覺得自己像個挑動了蠻牛的情緒後卻又被撞倒的失敗鬥牛士，望着牠繼續亂闖肆虐。

眼見隊友被放倒，6號和14號亦立時補上堵塞防線的漏洞，截斷了邵志強的進路，但奇怪的是無論父親志偉，抑或擔任前鋒的舅父泰萊也無意上前協助邵志強，只是一味遠遠望着。見到二人如此「冷漠」，元峰只好急急從後趕上前場，希望幫助正被二人夾擊的邵志強——可是無論元峰怎樣揚手，甚至高呼要球，邵志強始終沒瞟他一眼。他只是專注以雙腿保護着皮球，並連番使出生硬的假身，希望能晃出一絲突圍的空間。

元峰在他身旁游弋，不斷的呢喃着：「交呀交呀……」邵志強眼見突破無望之際，突然誇張地拉高後腿——雖然他施以近乎漫畫般的射姿，但6號和14號並沒有因此被唬嚇，皆因他們已完封了所有射門空間。這刻場內大部分人也認為，此記只是虛招，但邵志強大喝一聲後，便緊咬牙關死命的抽射，結果皮球果然擊中4號的大腿，然後再劃出一道羸弱的拋物線直接落在對方門將的懷中。

元峰忍不住雙手撐腰抱怨：「天呀！怎麼搞的！他真的在沒有任何機會下仍勉強施射？」。

「所以你見到我們剛才沒有跟上去……」此時泰萊突然如鬼魅般在他身邊輕聲說。

「舅父！你想嚇死我嗎？」元峰沒好氣的說。

「我們不是跟你說過，邵志強是出名的『足球黑洞』嗎？一旦皮球落在他腳下，任何大自然的力量也無法令他傳球……」泰萊淡淡的說。

「什麼？」元峰詫異說：我以為他練習時才這樣，怎可以在比賽時也這樣獨斷獨行？不過想起來也奇怪，這樣的一個人，你們以前怎樣跟他合作？」

「有些球員就算你不喜歡他，也得承認他有其特殊貢獻，就像邵志強。他雖然獨食，但當球隊在處於劣勢、無計可施的情況下，他的確有能力助球隊扭轉乾坤……當然他也不是經常靈光的。」泰萊笑說。

在一輪混戰後，皮球落在對方的7號右翼球員腳下，這人看起來在敵方陣中最年輕力壯，而球技亦有板有眼——忽左忽右的盤帶，令防守他的和富完全跟不上節奏，步履紊亂，最後更在且戰且退間，狼狽得被自己的右腿絆倒，還惹來觀眾席一陣疏落的恥笑聲。

「等我來吧！」國培以左後衛姿態出現，跟7號作正面交鋒。國培沒有為奪搶皮球急急撲上前，而是觀察着對方每個微細的動作，再預判他的下一着——7號嘗試從邊線移入中路，卻被國培一步一步逼進高真五和元峰鎮守的地帶；他只好一轉念，往右一拐嘗試從邊路突入，但顯然這也盡在國培計算之內，他立即趨前施壓。7號見無計可施，慌亂間把皮球往前一推，想利用自己的衝刺力越過對手——只可惜他的對手始終是個職業球員，國培左腿一探，再順勢輕輕一扭腳腕，便清脆地偷走 7 號的腳下球。國培沒有急急大腳解圍，而是引球在左路出擊，趁對方的中場球員趕到之際，左腳一推，皮球就像一把手術刀的鋒刃，穿透了對方在中場佈下的防線，眾人只及目送皮球在自己腳邊掠過，並剛好落在從外入楔的元峰腳下——

「追！」對方的 10 號隊長像小混混的頭目，大喝一聲命隊友追趕，元峰不慌不忙，還刻意等他們快要追上自己時，才把皮球輕輕一彈，交給已在無人之境的志偉！

然而不知是對方的回防速度太快，還是志偉的帶球速度過慢，他旋即陷入敵方四名守將的包圍中，然而志偉感應到泰萊正從後趕上，便將皮球往橫一撥，剛好在一名守衛的胯下穿過並落在泰萊腳下。泰萊大概因為知道自己技術生疏，心想皮球在自己腳下的時間愈久，被盜走的風險亦愈高，於是便急急拉弓抽射——這記射門雖然勁度十足，但角度正中得令門將連橫移半步也不用，已足以用雙拋擊走來球。

元峰立時上前拍拍泰萊說：「好波，舅父！不過下次可以待有更好機會才抽射——」但說到一半，竟看到泰萊突然雙眼通紅，幾乎要催出淚水的樣子⋯⋯

「你⋯⋯沒事嘛舅父？」元峰狐疑問道。

「沒事沒事，只是因為再次在比賽中射門，高興得有點情難自控而已。」

「什麼？哦⋯⋯」聽到泰萊這麼說，元峰一時不知如何反應，心裏暗忖：「這有什麼可高興？這球處理得根本不好呢⋯⋯」

當然元峰並不知道，這一腳，雖然射不破門將的十指關，卻射破泰萊對足球的虛妄幻想——彷彿再次提醒自己，踢足球，從不在於尋找更大的舞台，而是實實在在爭取每個機會，珍惜每次射門。

2. 泰萊篇——拖延至消失的夢想

小時候的麥泰萊，與志偉組成令學界聞風喪膽的最佳組合，二人不僅擁有一樣的足球天分，亦追趕着一樣的足球夢。

「泰萊，教練問我們，下個學年會否繼續留在校隊，我已應承了，但聽説你會離開，究竟怎麼了？可知道你是我的最佳拍檔呢！」志偉有天趁小息時，走到泰萊的班房問道。

「對呀，今年不參加校隊了。」泰萊説得輕描淡寫。

「為什麼？難道你不再喜歡踢球嗎？」志偉十分詫異。

「當然不是！但你也知道吧！我父親正在申請舉家移民到英國，而且他説會想辦法助我加入當地的球隊，接受專業訓練，最快下學期便會成行，所以我也不敢佔據校隊的位置。」

「不怕吧！你離開後教練自然會補選新人，但你沒需要現在就退隊嘛……」志偉仍嘗試希望泰萊回心轉意。

「志偉，不瞞你，另一個原因是學校的訓練不太專業，我怕受傷而影響之後投考當地球隊的機會。況且當你知道自己將會到英國這個真正『足球之鄉』時，又怎會對區區的校際賽提起興趣？」泰萊說。

泰萊記得，那天志偉氣沖沖的走了，但他不是妒忌別人有登陸英國的機會，因為他臨離開班房時說了一句：「如果你真的喜歡足球，即使一刻你也不想放棄踢球的機會，而不是還未跨上更大的舞台，就已經嫌棄我們的足球場！」

這句話，泰萊本來沒有記在心上，直至半年後某天，泰萊父親跟他說：「沒了，原來你舅父一直也沒有替我們辦移民手續。你妹可高興了，聽說原來她一直很傾慕你的波友志偉……」

「什麼『沒了』？你這番話是什麼意思？沒有辦理移民手續？」泰萊從椅子上彈起來，暴跳如雷得連父親也嚇了一跳。

「你幹嗎這麼大反應？」父親不明所以：「這個我也沒辦法，有時即使親戚也未必可靠……」

「怎可能？怎可能？那麼我怎麼辦……」泰萊眼神失焦地喃喃自語。

「什麼『你怎麼辦』？我們又不是丟下你一個，未能移民也不是什麼大不了的事情嘛，你在想什麼……」或許父親並不知道，對泰萊而言，移民，不僅是搬進一個新地方生活，更是開展自己足球夢的起點。為了踏上這個起點，他不惜放棄了「低水平」的學界足球和隊友，現在居然説沒機會移民？這令他猶如划着小船到海中心後，被人扔掉雙槳般無助。

泰萊並沒有將這份絕望告訴家人和志偉，皆因當他的思緒稍稍觸及這糾結時，便已感到十分痛苦，所以他索性離開了球場，甚至不惜轉校來切斷一切跟足球的回憶……

經過差不多半場的實戰，這班三十年前的「足球小將」果真逐漸尋回了昔日踢球的節奏和感覺。面對平均年齡約三十歲的「年輕對手」，這班四十餘歲的大叔竟然逐漸控制戰局——猶如二次大戰裝甲車、雖然年老仍具有相當衝擊力的邵志強；儘管步履不及兒時靈活、但仍在禁區內神出鬼沒的泰萊；還有仍敢於在石屎地上施展「倒掛金勾」的戴志偉……他們突出的表現，令皮球在上半場末段一直在對方防守區如彈珠般亂撞。

「真是久違了的痛快！估不到我們現在還這麼厲害，對着一班少年人仍佔壓倒性優勢！」（什麼？對方看起來已有三十歲，還算「少年人」？）

「對呀！志偉你有沒有留意，剛才你施展『倒掛金勾』時，看台上傳來一陣驚嘆聲和掌聲！」（但那球根本射不中目標呢……）

「呵呵，我當然有留意！」志偉說：「但邵志強你憑一人之力也幾乎衝散了對方的防線呢！」（何來衝散了對方的防線？現在還是零比零而已！）

「哎呀！我還未有機會施展我的『剃刀射球』！待會你們不要老是霸着皮球，記得傳給我！」（……）

「喂！我幾乎坐穿了後備席的板凳了！何時才換我落場？」

看着一班大叔在半場休息時自鳴得意，元峰和阿強心裏咕咕作響。相比他們對戰況的樂觀，他倆更覺得球隊根本沒有優勢可言，皆因對方顯然正在使用名帥摩連奴的「大巴戰術」── 即棄守中場，把龍門前塞得猶如放下一輛巴士般密不透風。元峰估計對方或等候反擊機會，或索性死守至完場互射十二碼球，將勝負交給幸運之神決定。

「你跟他們說說吧……」阿強靠到元峰耳邊輕聲說。

「說什麼？」

「告訴他們別得意忘形，皆因我們根本佔不到半點優勢……」

「沒用的。」元峰輕輕搖頭，並跟阿強和國培說：「再過十分鐘，若果依然無法取得入球，我們三個便接管比賽！」就在他們剛定下這作戰計劃時，林政富突然咆哮說：「喂！我幾乎坐穿了後備席的板凳了！何時才換我落場？」

事實上這班大叔雖已屆中年，但一踏進球場又變回一個小孩 ── 要讓出自己的位置給政富？大家也顯得一派猶豫。

「不如這樣吧！換走國培，調入政富吧！反正按照形勢對方進攻乏力，我們後防壓力不大，讓政富代替其位置相信沒問題，我想國培也不會介意吧？」德仔想出一個看似兩全其美之計。

「什麼？不是嘛！」元峰反應很大。

「一於換國培吧！反正對方的攻擊力這麼弱，把國培留在防線上簡直大才小用，把位置讓出來給叔叔玩吧！」聽到邵志強也在附和，國培也只好乖乖就範。可是少了他的支援，形勢就變得險峻了。

「看來情況有變，待會下半場一開始，我倆就要接管比賽！」元峰悄悄跟阿強說。

3. 接管比賽？

「直至我們取得入球前，也不再把皮球傳給他們，明白嗎？」望着站在中圈準備開球的邵志強和泰萊，元峰又再次跟阿強說。

「知道了，你不用緊張吧！以我的速度，要突破他們的防線並不難，你不如擔心自己是否有足夠的把握能力好了！」阿強依然擺出那副愛吹牛的欠揍嘴臉。

「你少囂張啦！若果十分鐘後仍無法取得入球，別怪我找你施展『裂蹴折射』。」元峰冷笑地要脅。

「哎呀，大爺，你放過我好嘛……」阿強一臉委屈的求饒：「你每次施射重炮，也是利用我的血肉之軀來折射，我知你一定覺得很爽，但你將自己的快樂建築在我的痛苦之上，也算是一種欺凌的行為。」

「這怎算欺凌？每次這樣進球，都是算你是入球者，佔便宜的是你才對！」元峰樂乎乎的吐出陣陣風涼。

「你——」見到阿強被自己強詞奪理的戲言氣得幾乎吐血，元峰摟着他的胳膊笑說：「別要再『你你我我』

了，你放心，這些絕招我們當然不會輕易使出，總之早一點奠定勝局，你就不會有危險，嘿嘿……」

阿強狠狠一晃肩膀甩開了元峰的手臂，唸唸有詞地走開：「真是怕了你……入球吧入球吧！快點爭取入球吧！」

只可惜，就在元峰和阿強再次接觸到皮球前，便先被對手攻入一球了。

下半場一開始，對方見到國培的左後衛位置被換上另一名大叔，便趁剛落場的林政富還未熱身，不斷往右路強攻。但大抵他們沒估計到對方的防線在缺少了國培後，竟如此不堪一擊，在上半場幾乎無法引球推進超過十米的右翼 7 號，竟將守在這條邊線上的政富與和富兩兄弟，當成雪糕筒般輕易盤扭過。儘管他的傳中球只是一彈一彈的軟弱無力，還剛好落在高真五的面前，然而不知是否上半場真的太清閒，高真五正要大腳解圍，出腳的時間雖只是差之毫釐，但效果卻謬以千里——他居然踢了個空，讓皮球漏到龍門前！雖然德仔已立時衝前包抄，而林源生亦同時左腳奮力一蹬往皮球撲過去，但同樣置身在門前的 9 號，眼見沒有餘裕舉腳施射，情急之下竟像短跑選手壓線般，用身體直接壓向皮球……結果德仔、林源生和 9 號狠狠的撞在一塊。正當回防的志偉尋找皮球時，球證已吹響了哨子聲 —— 原來就在這片混亂間，球兒已越過了白界線。RJ12 落後零比一。

這一球，令本來還沉醉在自己幻想世界中的大叔們清醒過來。他們忽爾明白「再鋒利的刀都有生鏽的一天，何況是人？」這一刻，他們沒有說放棄，然而當初那股虛幻的自信，已消失得無影無蹤。

「沒時間了，一有機會，我們便中途搶截他們的傳球吧！特別可留意我爸爸和舅父，他們十居其九都會傳球給對方，我們可以瞄準機會『打劫』！」元峰一直盯着父親說。

「但不怕惹怒你爸和其他大叔嗎？」阿強問道。

「顧不上他們的感受了，我相信若球隊在首輪止步，他們一定會更難受！況且我不是說要鏟截他們的腳下球，我們只需趁他們在傳球時中途攔截便可以了。你是時候發揮那比獵犬更靈敏的觸覺了！」

「什麼『獵犬』？我最討厭你這樣不懷好意的讚賞話……」

「住嘴！機會來了！」此時泰萊在中圈接過了邵志強的開球後，把皮球撥後給正從後緩跑上來的和富。此時元峰在阿強耳邊輕聲一喝：「去吧！」阿強便像獵犬看見飛碟般立即撲上去，並搶在隊友跟前先截到皮球。起初他還以為和富會面露不悅之色，但估不到對方竟然全不當一回事，像頭跑不動的老駒，遠遠望着力壯的小馬引球奔馳。

阿強瞬間讓對方明白了職業和業餘之間的距離，他幾乎不費吹灰之力，便連番盤扭過了對方多個球員，然而他們卻像日本超人特攝片的嘍囉般——雖然戰鬥力平平，但這刻將他們打倒，下一刻他們又會走過來纏着自己。即使他成功殺至禁區，但他根本找不到射門機會，因為在門前已被築起一堵會移動的長城堵塞着禁區。儘管阿強依然往「高牆」衝，並拉起右腿準備抽射，但這座長城亦因着對方的進擊而不斷改變防守形態。一見阿強起腳射門，4、5、6號便同時撲出，或臥地一鏟，或烈士般閉上眼挺起胸膛以抵住這記勁射。殊不知阿強的抽射只是幌子，實際上他卻把皮球踩後給像推土機般衝上前的元峰。他「啪」的一聲狠狠一踢，皮球頓如流彈般在眾人頭頂掠過，隨即打中門框並傳來強烈的共震……此時一直未及反應的門將，才意識到剛才的那一球剛好重重打在橫楣上，然後再反彈墜落到底線之後——

「可惡！竟然中楣不入！」元峰掩面嘆息。

「唉！你真沒用，我已經為你創造了射門空位，但居然被你糟蹋了……」阿強立時把握機會揶揄。進不了球元峰無話可說：「好了好了，是我糟蹋了你的機會，其實射中楣不入並不是我的錯，只是欠運……」

錯失了這個黃金機會後，阿強和元峰似乎更着急了，一有機會便甩下隊友，以兩人之力圍攻對方的龍門。看台上的觀眾見證着這個「以寡凌眾」的奇景，都看得十分痛快，至於志偉和邵志強等，似乎也為了大局着想，每當截到皮球也識相地讓出控球權給二人——

元峰像從天而降飛頂頭槌，被門將僅僅托出底線；阿強的右腳抽射，越過了門將，卻被站在底線上的 4 號以肚皮拒諸門外；氣急了的元峰，像個在戰場上起了殺性的大兵，以皮球作為大炮不斷轟擊。雖然對方的球員或被射得天旋地轉，或「中彈」後立時攬着肚皮蜷曲身子在地上呻吟，但他們都像革命烈士般，即使一人暫時倒下，其他人亦前仆後繼頂上，在龍門前用血肉築起新的長城……而 4 號亦在受了一次元峰的勁射重擊後，聲稱出現天旋地轉的情況，後來更索性躺在地上呻吟。球證大為緊張，並要求元峰把皮球踢出界外暫停賽事，儘管萬不甘願，他還是將皮球踢到邊線外。

眼看球隊久攻不下之餘，球證還暫停了賽事，RJ12 剩下的時間愈來愈少。「你覺得我們能否反敗為勝？」坐在後備席的健威問國培。

「對手的實力其實一般，若果運氣好一點，可能早已扳平了。」國培安慰道。

「哈哈哈哈哈」此時他倆身後突然傳來一串乾澀的冷笑：「真是笑話，還以為這樣踢下去自己會有取勝的機會嗎？估不到幾十年後，你們還比小學時更天真。」儘管國培的安慰話並非由衷，但聽到有人這樣毫不客氣的搶白，心裏也有點氣，便轉過頭來，發覺原來是一個不明來歷的老伯在胡扯，便問健威：「你認識這個白撞的人嗎？」

健威沒說話，上下的打量一會，再呆滯片刻，猶如一台記憶體不足的電腦在運算良久，才突然如夢初醒的說：「你是盧比度叔叔？」

或許健威今次所吃的一驚實在非同小可，聲音之大，令場上的隊友也望過來。大概除了元峰外，其他人都因着盧比度叔叔的突然出現而嚇得下巴也掉在地上。眼見球賽仍因為對方受傷而暫停，元峰便走到後備席前，樂乎乎地說：「很高興最終還是見到你。」

「我可不覺得有什麼值得高興，這根本是一場低水平的賽事，尤其是你這個小子！」盧比度指着元峰說：「你與另外一頭瘦馬騮簡直摧毀了球隊的取勝機會！以為自己個人能力比對手高，就可以輕視自己的對手和隊友嗎？你的隊友即使不濟，也不等於你可以憑兩人之力擊敗對方 11 人！」

跟着元峰走過來的阿強不滿的說：「喂，慢着！你剛才的『瘦馬騮』究竟是指哪一個？說清楚一點才好！老伯！」

但阿強還未及在盧比度叔叔口中找到答案，已被邵志強和泰萊等人從後擠開——泰萊兇巴巴的說：「盧比度，估不到你的臉皮這麼厚，竟敢在我們面前現身扮教練？」

「你別搞錯！是那個小子哀求我指導你們，本來我也懶得理會，見你們明明可以大勝，卻踢得一塌糊塗，才忍不住出聲。」盧比度外表看來雖已是個六、七十歲的老頭，但腰板挺直，聲音嘹亮，散發着一身霸氣。

「什麼？是元峰你找他的嗎？」泰萊回頭質問元峰：「你不知道這個人跟你爸的關係嗎？」元峰一時也不知怎樣回應……

「別怪他吧，元峰也只是想幫助我們而已。」一把平靜得幾近陰森的聲音插咀道，眾人都錯愕地轉身一看，讓出了一線空間，原來是志偉。此時志偉和盧比度站在人堆中的兩端——三十年後，他們再一次面向對方，但不期然雙方都將視線定焦在腳前的那片石屎地，不敢直視對方——無論是騙與被騙，這刻都提不起勇氣直視過去。

元峰見父親沒有發作，便追問盧比度叔叔：「我們已經創造了很多射門機會，但總是破不了他們的鳥籠戰術，怎麼辦？」

或許因為志偉就在跟前，基於歉疚，盧比度叔叔說話時亦收起了剛才的傲氣：「繼續這樣注定贏不了比賽，皆因你倆過於自信，而其他人則過分懷疑自己，各人的心態如此失衡，哪有取勝機會？」

「那麼你有沒有辦法讓我們在最後十分鐘扭轉乾坤？」元峰也沒有細聽，只是一味求問對策。

「當然有！」盧比度叔叔信心十足地說。

就在此時，似乎球證也無法忍受這無止境的暫停，便吩咐救傷隊直接將 4 號球員抬離場。他的嘴巴一直叼着哨子，似乎準備隨時鳴笛繼續賽事。

「快點說吧！球賽快要重開了！」看到元峰焦急地催促，盧比度叔叔亦只拋下一句：「信任自己，信任隊友，應傳則傳，應射則射，勉強無用，水到渠成！」

元峰聽後更加躁動：「什麼？你當自己是傳授武學心訣嗎？二十四字真言？你不如直接告訴我們用什麼方法破解鳥籠戰術吧！」

盧比度叔叔搖搖頭，像嘆息此刻的元峰腦袋發燒，什麼說話也聽不進，便趨前跟他和阿強說：「放棄你那種以為可以憑一、兩人之力反敗為勝的傲慢想法吧！它一直阻礙你們正常踢球。不要老是記着隊友上一球處理得多差多不好，忘記背後，努力面前。做人如是，踢球亦如是。」

聽了盧比度叔叔這番話後，元峰猶如一台當機的電腦般呆着。國培使勁的搭着他的肩膀把他推回球場：「盧比度叔叔說得沒錯，我們或許太過自負，不要想太多，就像平常一樣比賽，與這班大叔特別是你爸爸一起爭取勝利吧！」

盧比度叔叔也對泰萊和邵志強等人說：「當然，你們已經老了，不要再妄想可以像小時候在學界比賽時般『無所不能』；不過只要懂得互相配合，大家在球場上仍然有戰鬥力的！要記着你們的體力雖然下降，但經驗應該是增加了，好好發揮自己的優勢！」

「沒錯！你說得對！」眾人紛紛和應，燃起眾人洩漏了的志氣。唯獨是志偉，仍然是眼神失焦，一臉惘然的神態——「志偉看來仍有點恍惚，葵新悟，雖然知你還有點傷患，但不如你現在換衫入替志偉吧，看他樣子應該不行了！」情急之下，健威不理葵新悟還未登記進球員名單，一味催促他快點熱身。

「慢着！」盧比度叔叔卻揚手止住了：「相信志偉吧！他只是一時間接受不了我突然出現，我相信只要機會降臨在他面前，那封印在體內數十年的天賦會再次展露出來的！」

「撐下去吧！只要守住大門多幾分鐘我們便能晉級！」東方猛龍眾將在重啟比賽前，再次圍着互相激勵一番，士氣高昂。基於體育精神，對方擲出界外球後，亦大腳把皮球踢送至對方後場。德仔控定後，把球傳給在中圈的松山。由於對方 11 個球員幾乎全守在禁區內，所以他亦從容地引球朝向對方的陣地推進。9 號率先架起第一重防線，霎時衝出來，希望憑一招冷不提防的搶截而令對方自亂陣腳。殊不知松山不但沒有退縮，反而變速似要硬闖，9 號瞄準機會攔截之際，松山輕輕一搓一帶，讓 9 號的探腿落了空，他趁對手未及回身之際便繼續前進。或許這記利落的盤扭令對方有點吃驚，於是 14 號和 8 號亦立時補上，收窄了防線。松山不等這次二人夾擊成形，便把皮球傳給右方的阿強。多次領教過阿強驚人的速度後，8 號和 14 號都大為緊張，急急轉向追纏他。他倆卻萬料不到自己才邁出一步，阿強又第一時間回撞給繼續衝前的松山。眼見對方單憑三兩記短傳便拉開自己的防線，東方猛龍的 10 號亦離開堅守的禁區作貼身追纏，同時剛才被晃過的 8 號和 9 號亦從後追趕。可是松山這趟沒有控定皮球，而是直接把球送到志偉腳下。志偉順勢踏進禁區，雖然龍門前站滿了人，但他卻瞟到在人叢中，留下了一道無人遮擋、僅夠一個足球穿越的彈道，能直通龍門右方，於是志偉立時以腳內側一撞，皮球果然在「預期軌迹」中直飛向龍門的右上角——

「糟糕！」東方猛龍的門將已不理會自己正身處石

屎球場，死命往自己的左方撲過去，只是儘管「大巴戰術」曾多次阻擋了對手的勁射，但這次正正因為門前太多人防守，阻礙了他的視線，結果即使他把雙臂伸展極致，也無法觸及皮球……

「入！入——哎呀！」眼見對方門將欲救無從之際，皮球最後竟輕輕擦到門柱越過底線！大家都也不自覺掩面感嘆，似是無法接受這差之毫釐的遺憾。反倒是志偉卻大喊：「你們幹嗎！快點回防吧！」

看到志偉竟突然有脫胎換骨的表現，健威難以置信的向盧比度叔叔討教：「你怎會這麼厲害，知道志偉一定會及時振作？果然真是志偉的百樂。」盧比度回以一個苦笑，又繼續將視線放回球場。

1 號大腳開出龍門球，9 號雖然佔了有利位置接應，但良仔在他身後輕輕一擠，使他稍稍失去平衡，未能穩控皮球，結果剛巧撤到中圈的志偉乘機截到來球。他瞟了瞟球場大鐘，發現法定時間只剩下五分鐘，便踢出一記長傳給正在右路進襲的阿強。落點不僅恰到好處，而且皮球落在他的腳背時，力量剛剛好，黏下來根本全沒難度——「嘩！志偉叔的球感真厲害！」阿強明知對位防守的 14 號速度上遠不及自己，於是便強行以高速在右路壓向底線。為免對手能從容傳中，6 號在別無選擇下只好棄守小禁區，趕到阿強的面前。眼見把 6 號引出禁區後元峰變得無人看管，阿強便第一時間將皮球餵到他腳下。殊不知這原來是個陷阱！元峰接應來球的一剎，五個球員已突然冒出來將他團團包圍！眼看他們極速將範圍收窄，元峰靈機一動，挑起皮球，剛巧在對方 10 號的頭頂越過，10 號急忙回身欲追之際，卻依稀聽到「猛虎射——」同時驚見邵志強已如坦克車般掩至……

「——球！」邵志強將憋住的一口勁完全爆發出來。「啪」的一聲響後，皮球便瞬即在眼前消失！當 1 號下意識回頭一看時，發現皮球已「特・特・特」的從網窩裏掉下來，並彈回自己的腳邊。

1:1——RJ12 追成平手後，看台上發出零星的掌聲。

「很可怕……會死的，被射中……」1 號口中喃喃自語，驚魂未定之際，竟見剛進球的邵志強不單沒有慶祝狂歡，反而氣沖沖朝向他衝過來。已成驚弓之鳥的門將

雙腿不自主的往後退，結結巴巴的問：「你……你……想怎樣？」可是身上散發出無盡殺氣的邵志強依然一言不發的步步進逼，1 號愈退愈急，終於被自己的後腿絆倒。邵志強就像大灰熊捕獲無路可退的獵物般俯身趨近——卻原來只是拾回皮球，然後大腳踢回中圈，說：「別浪費時間了，快點開球吧！」

對方的球員望望大鐘，原來法定時間已到。雖然己方剛被追平，但深知自己難以再爭取入球，倒不如索性在餘下的補時階段死守多一會，將賽事拖延至互射 12 碼，讓幸運之神來決定勝負。於是他們刻意放慢腳步，在準備開球時，又突然弓身重縛鞋帶，務求令大鐘的秒針走多一秒便賺一秒。

起初東方猛龍眾人以為這樣拖延下，對手一定會更加急躁，更容易出錯，但估不到各人面上不見絲毫的煩躁，11 對眼睛死盯着皮球，盯得叫人心寒——

「我們一定要保持控球在腳，否則一旦被搶斷了，我們便麻煩……」9 號在準備開球時跟 11 號耳語。

「……嗯……」

只是人在壓力下，往往最容易出現失誤。9 號輕輕橫撥皮球給 11 號，本來這只是尋常不過的傳球，但不知怎的，皮球居然從 11 號的腳邊漏掉。同一時間，阿強就像一隻搜捕黃口小兒的兀鷹，一見獵物稍稍遠離了對方的腳下，便如風一般「叼」走皮球。或許阿強的速度實在太快，能夠及時跟得上的，就只有元峰。

這一趟，令元峰陷入兩難之中——「剛才盧比度叔叔就是怪我和阿強沒有信任隊友而浪射，今次若勉強施射，勢必會像之前一樣，被門前密麻麻的人擋出；若待眾大叔趕赴前場？亦只會給予對手更充足的時間佈防……」元峰思維稍一恍惚，竟沒為意原來阿強已向自己傳球，結果跑過了頭，接應不了——

「好險！」6 號衝前截下皮球，準備出腳解圍之際，竟然不知從哪裏冒出一條腿，硬生生攔下了皮球。6 號一怔，原來是志偉！「靠你啦！」志偉第一時間把球撞回給元峰，令東方猛龍本來稍為鬆懈的防線再次繃緊起來，立刻在他面前築起移動長城。重新得到第二次控球機會的元峰不敢怠慢，在他們面前連番虛晃和「插花」，藉以迷惑對手，只可惜他們根本不為所動，依然專注地堵死了任何射球空間。

或因為知道球賽隨時完結，氣急的元峰明知被完封了仍拉弓施射——

「嘿！沒用的！」1號咧嘴，似是冷笑元峰的徒勞無功。果然皮球亦稍稍偏離球門，就在它朝柱邊快要平飛出底線之時，泰萊原來在不知何時已伏兵在遠柱白界線前！他順着來勢輕輕一撞，皮球竟不毫吹灰之力便應聲入網。眾東方猛龍的球員這刻才如夢初醒——原來元峰剛才的魯莽施射全是誘敵之計，實際是要助攻給泰萊！同時球證吹起長長的哨子聲，表示球賽已經完結。邵志強和泰萊等立時像奪得世界杯般興奮，直跑到場邊與健威和葵新悟身邊慶祝，而偉文亦帶着桑杉純的兒子走進來一同慶祝。

「嘩！你們知否我真的看得手心冒汗，我多擔心你們真的會輸掉賽事，害我沒有出場機會！」葵新悟抱怨說。

「嘿！你少擔心吧！連泰萊也可以打破了超過 20 年的『入球荒』，我們又哪有不勝的道理？」松山攬着泰萊的頸項說。

「嘿，我更正，這不算什麼打破入球荒！我只是 20 年沒正式比賽，復出第一場便有入球，證明我仍然有射手的觸覺！」泰萊自豪地說。

正富看不過他的沾沾自喜，說：「喂！但若不是元峰妙傳這球給你，你又怎會輕易射入？」

「其實志偉的功勞亦很大，」良仔說：「要不是他及時搶截了對方的腳下球並交給元峰，可能現在要互射十二碼了！」

正當各人想要拉着志偉再互相吹噓時，才發現志偉根本沒有圍在一起，他們四處張望，突然桑杉純的兒子對偉文說：「不是贏了球嗎？為什麼那個叔叔看起來很不開心？」眾人隨他視線望過去，才發現志偉正垂着頭朝向更衣室走過去。

大家知道，志偉這刻不是失意，而是無法面對那個在球場上既帶給他希望，又帶給他絕望的盧比度叔叔。

第五章　成長・轉變

有云：「活到老，學到老」，
即是說，哪怕你已經七老八十，
都有不斷成長的機會，
但前題是，你願意勇敢向前，
不被過去羈絆。

1. 放下・向前

雖然勝出第一場比賽，但畢竟對手實力平平，故元峰也沒有對父親和眾大叔的實力另眼相看，反而讓他見識到盧比度叔叔領軍的厲害——獨到的觀察、精準的意見，簡單幾句提示，便令球隊起死回生。這刻元峰最關心的，是盧比度叔叔可否繼續帶領他們出戰餘下的賽事。

他知道，最大的阻力，仍然是自己的父親志偉。

星期六，元峰胡亂找了個藉口，拉着父親到了灣仔，還用上「借廁所」這陳腐橋段，一步一步引他走進修頓球場，一個盧比度叔叔常駐的地方。

「你到觀眾席等我，我要上『大號』。」

志偉皺一皺眉頭：「剛才在家你不去，現在才去？」

「哎呀！這回事我也控制不到嘛！總之你上看台等我吧！」元峰也不等父親的反應，便急急竄進洗手間。

志偉慢慢走上看台，挑了中間的一個位置坐下，望着早前曾在這裏出戰的球場，憶起當晚種種一切，無論是那記僅僅越楣而去的抽射，抑或完場前那記助球隊反敗為勝的攔截，均一幕一幕在腦海重演。

突然志偉瞟到其正下方的觀眾席發出「沙沙」聲的異動，他定睛一看，見到一具橫陳的身軀，伸出右手挪開了遮蓋上半身的舊報紙——竟然是盧比度！

「哦？是你嗎……」盧比度先打破寂靜。

「嗯……等元峰。」志偉這句話後，又換來一陣不自在的寂靜。

為解當下的困窘，盧比度借了元峰成為二人的話題：「元峰的天分很不錯，如果當職業球員，前途無可限量。」

「其實他已經是一位職業球員。」志偉冷冷的說。

「哦——」盧比度略感詫異：「他沒有跟我說……或者我也沒留意本地足球太久了。」

「我想不是你沒有留意本地足球，而是元峰始終是個寂寂無聞的小子。不過多年來你的眼光也沒變，在你口中被吹捧過的人，其實也只是庸碌之輩。」志偉雖然語調平淡，但盧比度聽得出話中有骨，一時也接不上。

盧比度深深吸了一口氣後，終於鼓起勇氣說：「其實你惱我也是人之常情。對不起……當年……騙了你，只因當時我遇到很大的經濟麻煩……」

「嘿！嘿！哈！哈！哈哈哈哈……」志偉的反應更令盧比度感到不知所措，只能呢喃着說：「對不起，我也不想……」

但這句話似乎觸動了志偉的神經，笑聲戛然而止：「你不想？一句『不想』就想當沒事？你何只騙了我？你還騙了我爸的血汗錢，騙走了我與父親的關係，還害我常常妄想自己可以成為球星！」

「我知道。」盧比度不自覺垂頭盯着自己破爛的運動鞋：「當年，其實我真的有想過帶你到巴西……」

「巴西巴西……」志偉打岔：「從你口中聽到巴西二字便無名火起，你還想為此圓謊？」

躲在一旁偷看的元峰見到父親愈說愈激動，便急急跑上前：「別傷和氣，別傷和氣，剛才還談得好好的，怎麼突然會大吵起來……」

「什麼？你是故意引我到這裏！」志偉的情緒更加激動。

「是呀！」沒想到元峰回應得這麼坦白。

「你為什麼要這樣做？別以為上次比賽我沒發作，便代表我會原諒這老頭！」志偉罵道。

「我知，我根本沒想過你會否原諒盧比度叔叔。我只想到，球隊需要一個教練，而他顯然是一個適合人選，所以我便想到找他執教，僅此而已。」

「什麼『僅此而已』？為了勝利，你竟然找一個老爸最痛恨的人當教練？你怎會這麼不孝！」

「當初你強行拉我入球隊時，我真的覺得你很麻煩，但雪儀說她很羨慕我……」元峰莫名其妙的轉話題，不理志偉唸唸有詞在旁打岔：「她說自己的父親已差不多六十歲，而你只有四十多歲；她與父親像始終有層隔閡，我卻可以跟你一齊做喜歡的事 —— 她說我很幸運，因為大多數只有父母為子女實現夢想，但我可以反過來與你實現你根本放不下的足球夢……我希望為球隊爭取勝利，當然是想拿多一點獎金；但更重要的原因，是希望你能夠再次感受到捧杯的滋味，或多或少圓滿你沒有成為足球員的遺憾！」

志偉沒有作聲，元峰又繼續說：「我知道要跟一個你討厭的人合作並不易，可是你不是一直鼓勵我，要成功便要付出代價嗎？你還說當中可能是違背你的喜惡，但只要能夠向夢想走近一步，即使令你再為難，也值得忍受和堅持下去── 為了自己，還有為舅父和邵志強叔等人的足球夢，你是否應該向前看，而非老是將目光放在昔日的怨恨中……」

「夠了，聽到了……」志偉轉身便走，元峰想追上，卻被盧比度叔叔拉住他：「由他冷靜吧！況且我相信他心裏已有答案。」

「當真？」

「嗯！因為我知道志偉跟三十多年前一樣，仍然視足球為他最好的朋友。」盧比度叔叔自信地說。

2. 咆哮的老獅

隔天的練習，大家甫進球場便見到盧比度叔叔竟翹着二郎腿坐着，不禁大吃一驚，良仔先走到他跟前問：「盧比度叔叔，你在這裏幹嗎？」

「當球隊的教練嘛，怎樣，不歡迎我？」

「不，不，只是……」良仔滋吞應道。

「你快點走！志偉平日雖像個沒脾氣的傢伙，但我怕他見到你，會激發起潛藏體內的殺性！趁他還未到，你還是快點走吧！」邵志強索性想拉起盧比度叔叔，要把他推送到大閘口。

「對呀，你還是別惹事好了，雖然我也希望你繼續帶隊……」林源生也附和道。

此時葵新悟突然神色慌張地說：「糟糕糟糕，志偉來了，你不如到更衣室躲一會吧！」

但見志偉一步一步朝着眾人聚集的方向走來，盧比度依然不為所動。各人眼見逃生機會已過，便組成一道人牆隔開了盧比度，以防志偉突然大失常性。志偉放下了背包後，換上球鞋，拉起長襪，便逕自到場邊拉筋熱身。過了半晌，他突然像蜥蜴般轉個頭來：「你們只顧站着幹嗎？還不快快熱身？」

見到志偉一派若無其事，大家反而更覺不妥——

「你沒事嘛？」邵志強焦急地嘆了口氣續道：「唉！我早勸說他快點離開，但他總像雷打不動般。」然後又回頭跟盧比度說：「快點離開這裏吧！」

「走吧走吧……」其他人也附和着。

志偉卻說：「為什麼叫他走？你們不是也想找他當教練嗎？」

眾人一怔，大概以為自己幻聽，志偉也懶理他們像演戲般定格地望着自己，便邁步繞着球場跑圈熱身。

「為何你阿爸突然會原諒了盧比度叔叔？」泰萊拉着元峰問。

盧比度卻搶着說：「他並沒說過原諒我，其實志偉始終和以前一樣，為了協助球隊勝利，願意暫時擱下對我的仇恨。」

「總之既然有盧比度叔叔當我們的教練，不如快點作出針對性練習，始終下星期又有比賽嘛！」葵新悟已經一派躍躍欲試的興奮。

「各位 uncle，別以為我在潑冷水，就算盧比度叔叔有多厲害，始終你們久疏戰陣二十年，上仗取勝實屬僥倖，但別期望能夠長勝下去……」國培戰兢地說。

「你說得不錯！」盧比度叔叔拍了拍國培的肩膀說：「不過只要作出針對性的部署，憑着他們那過氣了的天分，沒有事情是不可能的！」

儘管國培和元峰也無法肯定，盧比度叔叔所說的究竟是由衷之言，還是純粹的鼓勵，但已經令這班大叔充滿自信。

結果一星期後的八強賽事，RJ12 以 2 比 0 擊敗對手。元峰記得，那天當邵志強再次以「猛虎射球」射破了對手的大門後，他跪在地上慶祝時發出震撼的怒吼，就像一頭被困在動物園籠中多年的老獅，終於被放出來，彷彿要告訴世人自己仍是森林的萬獸之王。

這聲吼叫，大概將他積壓在胸中二十多年的不忿，完全宣洩出來。

「媽，吉良教練問我，有沒有想過繼續踢球。」16歲的那一年，邵志強問正在忙於把一箱車厘子整理成一座金字塔模樣的媽媽。

「踢球？你已經每天放學也在踢球，還想怎樣？」媽媽説時，仍是小心翼翼的將一顆又一顆的車厘子排列得井然。

「不……吉良教練平時除了任教東方學院的校隊外，更是東方足球隊的助教。他鼓勵我投考東方青年軍，還説以我的能力，三年內應可以在甲組隊站穩一席位！」邵志強臉上難掩興奮和自豪。

「又如何？」媽媽冷冷地吐出這三個字，令邵志強完全猜不透她的意思。

「吉良教練的意思是，覺得我是足球天才，若不投身足球圈實在太浪費。」

媽媽把手上的車厘子放下，神色凝重的説：「天分跟應否視此為事業是兩碼子的事，正如我看罷電視劇，也可以將所有角色的對白背誦如流，難道我又將看電視作為我的終身職業？」

「兩者怎能相提並論？你所謂的天分，根本是無聊兼沒意義的；但我的天分，卻可以發展成自己的事業！」邵志強氣得把書包摔在地上，據理力爭。

「仔，世事不是你看得如此表面的，有很多東西，看似無聊實質有意義；相反有些東西，看似有意義卻是很無聊。」

邵志強禁不住顯出一副不耐煩的樣子說：「夠了，阿媽，你不要扮哲學家，別老是故作高深，講一些叫人似懂非懂的話，很討厭！」

媽媽捏起一顆車厘子，刻意提到他眼前，然後又放在已堆了大半的「車厘子塔」上說：「你看我每天也把新鮮的車厘子一顆一顆的排成金字塔，一有人來購買，我又會重新堆砌補回缺口，這樣夠無聊嘛？但我告訴你，當整個果欄也在售賣一樣的水果時，這個看似無聊的舉動，正正讓人看到你的與眾不同！當你連擺放生果也這麼講究，人家自會覺得你的水果質素應該較有保證。這就是我做這無聊事的背後意義。」

媽媽頓了頓，看邵志強仍是一頭霧水又說：「相反，踢足球看似有意義有理想得多，但實質上呢？香港足球已經死了，精工和寶路華也解散了，現在也沒有多少人看球賽。你花時間在一些根本沒有前景的事情上，即使你以為很有意義，但你日後準會明白自己的付出和堅持是很無聊的——就像一個醫生不斷為一個死人做心外壓一樣，即使他覺得自己在拯救他人生命是很有意義，但將這份堅持放在死人身上，則是無聊。仔，你還是腳踏實地，他日繼承我和父親留給你的果欄，就算不飛黃騰達，亦足以衣食無憂……」

「雖然邵志強是個愛胡謅的大叔，但現時看他的球技，當年應該滿厲害，怎麼最後他沒有成為足球員？是因為家人反對嗎？」在更衣室內，元峰特意挨到良仔身邊問道。

「哈哈，其實你真的很幸福，因為在香港這個功利城市，會有多少家長，能像你父母般，真心支持自己兒子以足球為事業？邵志強的媽媽當然不贊成他當職業球員，但他當不成足球員全因生不逢時。」

「生不逢時？」元峰滿腦問號。

「等阿叔我跟你講講香港足球歷史吧——八十年代香港球圈實施『全華班』制度，禁止球隊聘外援球員，導至精工和寶路華這兩支勁旅退出聯賽。不過後來由於球迷銳減，於是足球總會又開始容許球隊聘用外援，結果在九十年代初最瘋狂的時期，一支球隊中，大部分都是外籍球員……」

此時元峰心裏咕嚕作響：「究竟是否所有中年男人都是如此？我明明只是問一個簡單問題，但他們總有辦法跟我長篇大論講歷史……」元峰沒有明言，只是不斷以「哦」這個典型敷衍回應，來表達自己的不耐煩。

或許看到元峰的神色有異，為免尷尬，良仔亦識相地下刪一萬字，直接說出重點：「其實我和邵志強就在這個最瘋狂的時期加入球壇，他最擅長的位置是中鋒，但偏偏所有球隊都聘用外籍球員擔任中鋒，踢了幾年，邵志強依然在預備組踢球，於是後來索性放棄當足球員，繼承了家人的果欄……事實上我們整班朋友中，除了桑杉純最富貴外，邵志強的經濟狀況也算不錯，所以有時聽父母的說話真是很重要……」

「但放棄了夢想，不覺得可惜嗎？」元峰顯然不認同良仔最後那句總結。

良仔無限唏噓的說：「放棄理想當然可惜，但在香港這個功利的社會，根本容不下你強撐下去。皆因如果你在沒取得任何成績下堅持，便會被標籤為『不成熟』、『自私』和『不為家人設想』等。」

元峰無法反駁，因為他知道不少親戚朋友也在自己背後說過類似的話。

「哎呀？原來邵志強曾經當過足球員嗎？這個我真的不知道！」就在此時，跟在二人背後的林源生也搭訕道。

「你當然不知道，因為那幾年你好像已經移民德國，當時大家都以為你胡謅成真，加盟德國漢堡當守門員。」良仔說。

「唉！還是別提了，當初我也以為自己會夢想成真！我纏着父母要他們帶我到鄰近地區的球隊試腳，他們最後竟騙我到車廠做學徒！」

「哈哈哈……」良仔和元峰聽到這樁如此離奇的騙

案，忍不住大笑起來：「但為何你會上當？」

林源生摸摸後腦說：「年少無知吧！父母說所有球員其實也是工人，要不然球衣上也不會印上各大牌子的商標。總之香港和德國也是一樣，踢足球是難以謀生的，要實現理想，就先要解決生計，踢球只是遊戲而已。」

元峰一臉驚訝：「嘩！你父母真是語言偽術的聖手！」

「到了德國的頭幾年，人生路不熟，我的德語只夠應付基本生活需要，加上學徒生活真的很累人，我幾乎連足球也沒有碰過。後來工餘時我跟了幾個工友踢球，說着說着，才知道父母一直在騙我！只可惜當我發現真相時已經二十多歲，想投考青年軍也超齡，結果惟有安分做個汽車維修員。」林源生就像一個年老色衰的老鴇，娓娓道出他「淪落風塵」的往事。

「沒估到原來你們有着如此坎坷的往事……」一直以來，元峰總以為這班不斷吹噓以前有多厲害的大叔，不過是掩飾年輕時沒有為夢想堅持的毅力和勇氣，但聽過他們的故事後，才明白自己一直以來，就好像以現代人的觀念，怪罪活在封建社會的人為何不自由戀愛一樣，是膚淺與無知。

這個「想當年」的話題，參與的人愈來愈多，最後他們更坐在更衣室說過不休。「哈哈！我們這代人就是如此，年輕時基於責任或家庭壓力，總是被要求向現實低頭……」政富興之所至說：「喂！你們有沒有人像我一樣，到現在四十多歲了，腦海仍會幻想自己是職業足球員？」

邵志強一怔：「估不到你這麼坦白！我有，我幻想過踢祖雲達斯與迪維斯成為隊友。」說罷哄堂恥笑起來，邵志強脫下球衣狠狠扔向笑得最誇張的松山作還擊。松山敏捷地接過球衣，笑着解釋說：「我只是恥笑原來你倆也跟我一樣無聊。」

「嗯！我肯定你幻想自己是効力日本J聯賽的札幌岡薩多！」泰萊搶着說。

「哪個敢說現在已沒有這種白癡幻想的，肯定是騙人！」葵新悟說。

「說實在話，我也有想過如果當初我真的可以加盟巴塞隆拿，能夠跟美斯和尼馬組成『三叉戟』，光是想想也興奮得害我失眠。」志偉靦腆地說。

「什麼？阿爸，你真的會這樣嗎？」元峰完全意想不到。

「哈！不行嗎？不過是發白日夢而已！」或許得到同伴的壯膽，志偉毫不介意跟兒子分享這份抑壓心中多年的狂想，還咧出一個元峰從沒見過的天真笑容。

健威搖頭笑說：「你們竟然在這幾個年輕人面前，高談闊論這些糗事，人老了面皮果然也厚了。利申，我會幻想在名古屋八鯨跟楢崎正剛爭奪正選位置。」

「什麼？楢崎正剛現時還在踢球嗎？」

「他應該只是小我們幾歲！」

「對呀！三浦知良已經 48 歲還在日本踢職業賽，所以理論上我們還可以繼續發着足球夢……」

阿強把頭埋在大毛巾裏使勁擦了一會後，抬頭笑說：「起初我還以為幻想他朝可以到車路士踢球是癡人說夢，但原來你們這班比我年紀大一倍有多的人也會這樣狂想，我立時覺得自己原來也很踏實。」

「強仔，和你踢球差不多一個月，也不知你多大呢？」邵志強問。

「17 歲。」

「17 歲？」眾人不禁驚呼，彷彿碰上了快要絕種的華南虎一樣。「那你呢？國培。」

元峰聽到國培報上自己才 18 歲後，已有預感自己將成為下一個被問及年齡的對象。

「元峰，你呢？」林源生問。

「唔……我年紀不輕了……」

「他 22 歲了！」就在元峰想支吾了事之際，志偉便二話不說戳穿他「年齡的秘密」。

「你 ——」元峰氣得指着志偉，一副像發現被至親暗算死前那不瞑目的模樣。

「怎麼呢？」志偉一臉無辜說：「你又不是女孩子，被人知道年齡有什麼尷尬？」

「對呀！ 22 歲也很年輕吧！連我一半年齡也沒有，你應該也有一些夢想，說吧說吧……」眾人七嘴八舌的說。

「我？我只希望早日在南華爭取到正選位置而已！」元峰始終無法衝破心理關口，向大家說出一直有加盟阿仙奴的幻想……

「荒謬！」盧比度叔叔狠狠一拍旁邊的椅子道：「這麼年輕，想法便如此腳踏實地，真是枉費青春！」眾人一怔，不明白「腳踏實地」明明不是褒義嗎？為何在盧比度叔叔眼中，竟變成荒謬？

「我只是希望按自己的真實能力，循序漸進提高自己的目標而已。」元峰說。

「你真實的能力是跟所定下的目標對應的，目標愈高，能激發的能力愈高；目標愈低，能力便愈低。」盧比度叔叔說。

盧比度這番話，正是志偉心中的所思所想，但基於內心揮不去的舊怨，他刻意不直接表示認同對方的說話，而是說：「元峰，我知你從當初被視為球壇的天才新星，到後來經歷迷失而停滯不前，更眼看表弟浩雲慢慢超越你，心裏肯定不是味兒。我明白為了平衡心理，你不斷將自己的夢想縮小，免得現實與夢想的落差太大而接受不了。其實我一直覺得，你最欠缺的是勇氣，但不是說你在場上怯於競爭，而是說你沒勇氣追尋更大的夢想！你不應因為眼前的困境，而看輕你本來擁有的能力！」

元峰其實對父親這番勵志話並不反感，但他竟然在眾目睽睽之下說這回事，本應有的一些催淚的感動，都變成說不出的無奈與氣結。

「喂，別再說我的事了，大家也在打哈欠了……」元峰嘗試故作從容轉換話題，但志偉顯然要把握這個機會死纏不放：「爸爸年輕時也因着挫折和不幸，傻傻的放棄了自己的足球夢。我實在不想你像我一樣，因挫敗限制了自己的夢想和發展，還浪費了上天賜給你的足球天賦！」

本來鬧哄哄的更衣室，亦因着這嚴肅的話題，氣氛頓時變得凝重起來。元峰感受到自己的心臟瘋狂地躍動，卻搞不清楚是因為尷尬，還是因為父親震撼的說話，一字一句狠狠的打進他的心坎。

3. 愈近成功，愈會軟弱？

從決定參賽的一刻，這班大叔已誇誇其談說要爭奪「特區杯」冠軍，但當他們真的擊敗了半職業球隊沙田而躋身決賽時，才驚覺這個看似遙遠的目標，已近在咫尺。即使比賽已踢完了一整天，各人的腦海中像 24 小時新聞報道般，重播着屬於他們的精華：

沙田隊的前港隊快翼郭汝雄沿着右路進襲，把球直接送給禁區內的尼日利亞中鋒羅渣。羅渣在十二碼附近抵住了高真五的壓逼，然後在國培趕到之前右腳勁射，但今仗把守最後一關的健威，卻在電光火石間，橫身飛撲以手刀劈走了皮球。最後他還向高真五興奮地咆哮：「我早說過以空手道撲救是可行的！」

又是羅渣的攻門，但這趟被德仔搶先一步攔下，隨即大腳將皮球送至中圈附近。邵志強與對方一年約二十歲的球員同時躍起，對方雖然頂到來球，卻被志偉捷足先登搶走。他原地晃過了對方中場球員的纏繞，送出了一記急勁的割草式傳球給元峰。元峰引球如利刀般直線破開了沙田隊的防線，趁對方一對中堅如關閘般夾擊的一刻，從容地以鞋頭一點，讓給剛好後上接應的泰萊，他側身以右內踝施射，縱使門將已撲向地下，但皮球仍搶先在他腋下漏進網窩！1：0！

被逼入絕境的情況下，松山與志偉第一時間撞牆短傳後施展「禿鷹射球」，雖然對方門將在手足並用下勉強化解，但皮球剛好落在伏兵門前的阿強腳下，被他輕鬆追成2：2（顯然在他們的記憶中，所失的兩球根本不堪回首）。

眼看球場大鐘的指針快要走到終點，大概只剩下不夠一分鐘賽事便完結，元峰大腳將皮球送進禁區，邵志強拼了老命也跟對方年輕得多的外籍中堅爭頂來球。雙方經過一番頭槌角力後，皮球竟然落在距離門前僅幾碼的範圍，大家便立刻衝進小禁區，希望在混亂間撿得便宜。最後的「幸運兒」是志偉，他在人堆中大腳一抽，將最終紀錄改寫成3比2！

「你知道不知道，昨晚有個體育記者致電給我，問能否跟球隊做訪問。」元峰跟大家說。

「真的嗎？沒估到香港傳媒竟然有興趣找我們這班大叔做訪問！」和富說。

「這一點也不出奇，一隊以四十多歲的大叔為骨幹的球隊，竟能一路過關斬將殺入特區杯決賽！尤其是我們決賽的對手，是香港 U20 的代表隊 —— 可算是一場『經驗』與『活力』的對決，單說戲碼已經十分 juicy 啦！」國培細心分析說。

「是否得到別人注視這點我倒不關心 —— 」志偉說：「我只想知道，決賽對手實力如何？我們究竟有沒有勝算？」

「唔……U20 隊即是雲集香港 20 歲或以下的精英球員的球隊。」良仔突然朝向國培和阿強問道：「你們是 U20 的成員嗎？」

二人頓時面有難色，但又故作從容應道：「其實他們甄選時主要是考察一些在香港超級聯賽踢正選的年輕球員，所以入選的大多數是小球會，因為競爭較小；至於我和阿強畢竟在大球會南華効力，自然較……」

「還在裝什麼，沒被選上就是沒被選上啦！」元峰無情地點出重點，還伴上嘿嘿的恥笑聲。

「連你們也無法入選 U20，看來我們下仗的對手真的十分厲害了！」泰萊盤算着。

「哈哈，不用怕！我們當年何嘗不是代表香港參賽的學界精英？大家不如將這場決賽當成兩代的『足球小將』對決吧！」邵志強興奮地說。

「哈哈，算了吧！我們也不要期望太高了，你們先嗅嗅有什麼氣味吧！」松山笑說。

「什麼氣味？」眾人聽得一頭霧水。

「是止痛貼的藥味呀！」松山說。各人猛然記起，又是一陣笑聲。畢竟大家都已過「不惑之年」，不再少年時，每次比賽過後，翌日若不是一跛一跛的上班，就是渾身痠痛。所以除了元峰三人外，其餘的人身上都貼上嗆鼻的止痛膏布。松山這番話，忽然提醒了各人，經過一周復一周的比賽，這班「足球老兵」連體能也不及恢復過來，更遑論想在球場上，挑戰這班真正的「足球小將」。

「不要緊吧！我覺得以大家這個年紀，能夠闖進決賽已不簡單！當然我們絕不能放軟手腳，畢竟比賽會在香港大球場進行！我接受落敗，但絕不能接受輸得太難看，零比三已是極限！」松山說出自己的底線。

「你這個人真沒大志！」邵志強面露不屑說：「就算輸，我們絕不容許在觀眾前顯得毫無還擊之力，我要爭取入球！」

「我想要破蛋也有點難度嘛……」阿強不住的搖頭，覺得他們顯然還未搞清對手跟自己的差距有多遠：「始終我們一直以來的對手都不是職業當打球員，但這支 U20 代表隊，長年接受韓式訓練，體能和意志都十分厲害。如果他們真的認真作賽，恐怕不需半場大家的體力已被消耗得八八九九，到時便任由宰割，所以我認為應全力固守，然後由我和元峰打反擊，希望儘量節省體力，捱多一秒便一秒。」

聽到阿強的見解後，大家都將視線投向盧比度叔叔。他輕輕一托掛在臉上的茶色太陽鏡，抿一抿嘴說：「如果你們的目標是不想在決賽出醜，阿強的提議十分合理，只要死守在大門口，僅輸一兩球，屆時肯定獲得全場掌聲，記者也肯定會以『力戰而敗』、『雖敗猶榮』之類的話讚賞大家。」大家聽到盧比度叔叔的見解，隨即讚賞阿強頗有當領隊的天分。就在各人因確立了基本對戰策略而寬心之際——

「可是若果我們要爭勝，而不是求體面地落敗呢？」志偉突然問道。

盧比度一怔，皆因這是二人重遇之後，志偉首句向他請教的話。

「如果要祭出爭勝的戰陣，就要有輸得一敗塗地的心理準備。」

和富好奇問：「志偉，不是嘛？你想贏？我們決賽的對手是香港 U20 代表隊呢！」

「我聽到——」志偉淡淡的說：「那又怎樣？」

「即是我們應該要按照自己的能力，定下合理的期望和目標——所以減少失球才是我們決賽的對策！」松山說。

志偉苦笑說：「我當然明白……只是我又在想，當初參加這個賽事，除了是完成桑杉純的遺願，更是要實現

我們未圓的足球夢！這麼辛苦堅持到決賽，如果因為覺得對手強大便放棄爭勝，只求輸少當贏，感覺好像怪怪的。」

「我當然認同你的講法！」良仔拍拍志偉說：「但我覺得要考慮當前的現實，是對手實力真的太強，勉強爭取勝利，贏不到之餘更隨時輸得一敗塗地，這豈不是一個更差的結局嗎？」

邵志強從座位中彈起來道：「嗯！我明白志偉的意思，輸不打緊，但不能以失敗者的心態迎接一場決賽！」

政富亦插嘴道：「我不覺得全力死守等於以失敗自居，事實上明知實力遠不及對手仍盲目進攻求勝，某程度上是另一種消極態度。我認同積極面對這場賽事的態度是減低失球，儘量為對手帶來麻煩，這已經是勝利。」

眼見大家開始鬧得面紅耳赤，志偉也有點意外，連忙說：「其實我不過是講出內心的矛盾而已，大家所說的也沒有錯！總之目標無論爭取勝利還是減少失球，我也會絕對服從戰術。」

儘管志偉補上這番話，但此刻在各人心中也在反思一個問題：「我站在球場上，究竟為的是什麼？」

第六章 Magic Moment

你相信奇蹟嗎？
付出愈多，當運氣來到之時，你能夠掌握的機會便愈大；
付出愈少，哪怕好運就在咫尺，你也只會看到沮喪與絕望。
奇蹟，是需要創造，而不是等待。
——大頭妹

1. 終極一戰

如果甲子園是日本棒球手終此一生希望能踏足的「聖地」，溫布萊球場是英國足球員夢寐以求的「神壇」，那麼可以置身香港大球場在四萬名觀眾面前一展身手，是志偉等人自小的夢想。他們沒估計到，這個已經放下二十多年的宿願，今天，就在自己人到中年時，竟然實現了。

「大家別期望太高，以為會有很多球迷入場打氣，皆因即使是職業聯賽，觀眾最多亦不過幾千，而球迷亦習慣將粗口當成歡呼聲呢……」國培在臨出場前，道出了真相以嘗試澆熄正興奮得頭腦發熱的大叔們。可是當步出球場一剎，被嚇得雙腿發抖的，竟然是國培、元峰和阿強——

大球場四萬個座位竟被黑壓壓的人頭填滿了！

「為什麼這樣？是我眼睛昏花嗎？」國培喃喃自語說，當然元峰和阿強也無法給他答案，直至中央廣播傳來一把主持的聲音，他們才知道這是政府為了令「特區杯」決賽不致太冷清，特別從各方弱勢社羣招來「臨時演員」，充當觀眾的角色。

兩隊在中圈前列陣，大球場的巨型屏幕隨着主持人的介紹，逐一捕捉陣中每位球員。每當宣佈一個球員的名字時，觀眾席上便會發出如北韓般整齊和熱烈的掌聲。當鏡頭落在 U20 的馬基身上時，阿強喉頭突然「胡胡」作響，元峰一怔，見他緊握拳頭，就像一頭遇到挑釁的流浪狗，便問他：「幹嗎？那個馬基跟你有不共戴天之仇嗎？」

「你不知道嗎？他的文青女神跟馬基拍拖嘛，阿強一直深信自己無論在外貌和球技上也比對方優勝，沒可能會輸給他。」國培笑說。

「強，你家中欠鏡子嗎？生日時送你一面好嗎？」元峰故作認真地說。阿強以睥睨回敬，元峰便陪笑補上一句：「說笑而已，不過既然那個馬基這麼讓你討厭，你更要在球場上擊敗他！」

「這正是我最憤怒的地方！因為自己卻身處在必敗的一方，恐怕今天還要再次被他羞辱，真是愈想愈光火！」阿強咬牙切齒的說。

「別這樣悲觀吧！就算我們落敗，但只要能夠從他們身上取得入球，也會令人另眼相看，說不定能令 U20 教練，反過來徵召我們入隊呢！」國培說。

阿強似是被國培這番話一語驚醒，黑面中突咧出笑容，還回復了「反攻」元峰的興致說：「你說得對！但可惜跟元峰沒有關係，因為他已經超齡，呵呵。」

元峰見他回復鬥志，也懶得跟他糾纏：「好吧！為了捍衛自己的尊嚴，我們奮力一戰吧！你的速度、我的攻門，還有國培的助攻……讓我們來一場『逆天之戰』吧！贏了，U20 的教練肯定會乞求你倆加入！」

國培和阿強相視而笑：「那麼我們便一起逆天吧！」

RJ12 陣容

健威

良仔　高真五　德仔　國培

阿強　志偉　元峰　葵新悟

邵志強　泰萊

9 號　馬基

11 號　方亭　8 號　文豪

14 號　6 號　5 號　12 號

1 號

香港 U20 陣容

哨子聲一響起，先開球的 U20 並沒有立即搶攻，只是緩緩的向前推進，邵志強趁自己氣力還充沛，便衝着控球在腳、身材瘦削的馬基跑過去，希望給眼前的一眾小將「下馬威」。但馬基連讓邵志強跟他糾纏的機會也不給，鞋底輕輕一搓皮球，一晃身，便如直接從邵志強身旁穿過。志偉立時攔腰撲擊，他估算到自己在速度上一定還不及對方，於是視二人身體接觸的一刹為唯一防守機會，試圖以身體挨向馬基，即使不能令他失去平衡，至少可以干擾他的線路。就在志偉想以肩頭撞向對方之際，疾走中的馬基突然左肩一沉，剛好令志偉撲了個空，踉蹌往前一仆。葵新悟第一時間臥地探出右腿攔截，馬基把球右腳橫帶給左腳，隨意把球挑進禁區內的無人地帶。當誰也以為他在葵新悟的力逼下出現失誤之際，9 號不知從哪裏冒出來接應皮球。德仔和高真五如一座相連的山峰雙雙攔在他前面，但 9 號不慌不忙，隨即右腿一彈，皮球便在二人頭頂掠過，直飛向龍門前。

健威邁出幾步，大喊一聲「有！」眼看快要接住來球之際，跟前竟冒出了一雙詭異的眼睛 —— 原來又是馬基！他搶在健威雙手接到皮球之前輕輕頭槌一點，皮球剛好從健威的腋下穿過，直彈向球門的右下方。同一時間，一直盯着馬基一舉一動的元峰，亦從球門的左方，像剪草機般朝向皮球飛鏟，就在皮球滾到白界線上時，及時把它踩住了，卡在鞋底和門柱之間。元峰站起來兼隨即大腳解圍——此時馬基、9 號、還有場邊的 U20 教練反應大作，高呼此球已入，但一直在邊線緊盯着的旁證，卻以堅定的眼神和旗號證明這球根本未過白界線，觀眾席上亦為着這次精彩的攻防而發出一點掌聲。

「很快！『幽靈馬基』這外號果然名不虛傳。」眼看皮球遠去，危機暫時解除，國培才猶有餘悸的說。

「所以大家一定要專心一點，動作一定要快，皆因馬基的速度實在太快了！如果大叔們的平均速度值是 50，那麼馬基的速度值就是 100 ！」元峰說。

「這麼厲害？跟他相比，你的速度又如何？」德仔一邊問，雙眼卻盯着對方球員的一舉一動。

「我？大概也是 90 或 93 吧！或者阿強在速度上能夠跟馬基不相上下的，但論球技，馬基明顯優勝得多，他盤球時像楊柳一樣，就算對方的防守再硬朗，他總像隨風的楊柳，能不費氣力順勢化解。」

「世侄，我有一個問題，你對大家在速度上的數據分析是怎釐定的？」高真五好奇問道。

「是 Winning！」元峰眼見皮球又返回自己的半場，便道：「不說了，專心作賽吧！」

就在高真五還在思索 Winning 是一套怎樣的電腦軟件之時，他卻沒想到元峰所說的，不過是一個足球遊戲而已。

至於令志偉等百思不解的是，為何球隊明明已囤守七、八個球員在禁區，但對方總能在門前如穿花蝴蝶，相反己方則如雪糕筒般，任由他在自己身邊穿梭。這刻 9 號的勁射打在高真五寬廣的胸膛上；那一刻文豪的頭槌則被國培護空門；還未及回神，馬基的施射又重重打在橫眉上……最終，11 號還是將馬基的直線傳送轉化成入球，射破了 RJ12 的大門。所謂久守必失，但其實，球賽不過僅僅進行了八分鐘，球門就已經失守陷落。

盧比度招手叫邵志強到場邊，說：「你叫大家別再死守禁區，將防守範圍拉後！」邵志強不敢怠慢，立刻將盧比度的指令傳達給各人。

「這麼早便失球，還叫我們拉闊防守範圍？這豈不為對方提供更多進攻機會？」高真五狐疑。

「不！盧比度說得對。」志偉說：「我們開賽至今一直處於劣勢，除了因為我們真的跟不上對方的速度外，亦因為我們集中在禁區防守。因怕犯規而輸掉十二碼，踢起來反而畏首畏尾，可是一旦要將防線拉闊到禁區之外，防守時的顧忌自然減少。然而要改變防守策略，留在禁區內的人必需擁有更強的防守力和靈活度，否則反而會變得中門大開……」

「志偉，你果然跟盧比度叔叔心有靈犀！他吩咐元峰守在高真五和德仔之後擔任清道夫，最好能像碧根鮑華那樣踢法。」邵志強說。

「什麼碧根鮑？是鮑魚的一種嗎？」元峰聽得莫名其妙。

「碧根鮑華，1974 年世界杯，這名西德隊隊長演活了自由後衛的新踢法，如清道夫守在中堅之後，成為門將最後一道屏障；同時一有機會就引球出擊爭取入球，沒有超強的攻防能力也無法勝任此位置。」志偉突化身成足球字典。

聽到這番解釋，元峰似乎很滿意這新崗位，但他還是擺出無奈的表情說：「唉……下次能否引用一些新近的例子嗎？」

2. 狂瀾中的自由後衛

再次中圈開球後，元峰心中一直盤算着，只要一有機會便引球出擊，希望藉着阿強的速度製造扳平機會。可是他很快意識到，自己就像在暴風雨下，身處在一間千瘡百孔的小屋裏，這刻還趕不及拿盆子接住天花的漏水，那刻又要處理那邊牆身的滲漏。儘管球場上是 11 人對 11 人的公平對決，但實質上卻像只有元峰、國培和阿強三人應戰，皆因對志偉這班中年大叔來說，眼下 U20

眾將，猶如被調較至 4 倍快鏡模式 —— 明知對方會在自己身邊傳球，但大叔們每次出腳攔截亦總是落空；想回身起步追趕，卻發覺還未踏出第一步，別人已絕塵而去；當難得控球在腳，還未看清隊友的位置，皮球在不知何時已被盜走……那種明明置身在球場中，卻像半透明狀的局外人狀態；明知要振作保持戰意，卻禁不住沮喪的心情，令他們猶如無主的幽靈，迷失在球場中。

當國培和阿強死守着左右兩翼時，中路便儼如「自動門」般給對手大開方便之門；但二人移入中路協防時，兩翼又變成無障礙通道，任由對手穿梭。至於元峰，與其說是堵塞了德仔和高真五這對中堅的漏洞，不如說是分擔了健威守龍門的工作更為適合 —— 面對方亭禁區頂的抽射，元峰像烈士般衝出來以身體阻擋；面對如流彈般的傳中球，元峰又像海洋公園裏的海豚，表演飛身頂球的絕技……

「阿強守前柱，國培守尾柱，真吾叔留意 9 號……」元峰聲嘶力竭地指揮着各人應付對方的角球攻勢，高真五雖然頂出，但解圍不遠，皮球落在方亭腳下。方亭左腳內踝一擦，立時劃出一道弧線，往球門的右上方曲墜而落。元峰索性把自己當成玩命的雜技團員，在白界線前魚躍頂走皮球。觀眾席上傳來一陣笑聲，因元峰活像一尾垂死掙扎、希望從魚檔中奮力躍走的鯇魚。遺憾的是，元峰跟所有脆肉鯇魚的命運一樣，就是即使這刻能從魚販的刀鋒口中稍稍掙脫，但還未及回神，對方已再次手起刀落——這一次，元峰才把球勉強頂出，伏兵門前的馬基已經一個箭步趨前狂抽入網。

2：0，元峰以為自己已死守了半個世紀，但原來賽事只過了 20 分鐘。

無助的元峰有種禁不住的毛躁，需要發洩始能平伏，但他一抬頭，卻發現眾大叔汗如雨下，形容枯槁，顯然已付出了最大的努力。元峰只好不斷提醒自己按捺情緒，沉着應戰。

此時邵志強竟走過來說：「元峰，其實你已經十分厲害，只怪我們這班大叔無用，真的力不從心，要令你這幾個年輕人出醜了……」

不知怎的，聽到邵志強這種時不予我的歉疚，元峰竟有一種說不出的揪心。若果這番話是出自個性謙厚的良叔，元峰也不覺得如此震撼，但自以為無敵的邵志強居然說出這洩氣話，令他深深感受到對方無奈卻又不甘心的無力感。

「不用介懷，我們不過是落後兩球而已，而且現時仍是上半場，別放棄，我們仍有扳平的機會。」雖然元峰根本不相信自己這番話，但他很希望能激勵邵志強，還有其他大叔堅持下去，等候奇蹟出現。

事實上，奇蹟沒有出現，失球卻接踵而來。臨完半場，在文豪射入一球後，他和隊友只是虛應地互相擊掌，臉上連一點雀躍也沒有——彷彿告訴一眾大叔，在他們身上取得入球，根本不是一件值得興奮的事情。

3. 迷失

上下半場之間，兩隊返回各自的休息室。RJ12 的一

方十分平靜——沒有落後的焦慮、不忿、惱怒、咆哮，更沒有互相指責，各人只是坐在椅子上，閉目養神休息。盧比度叔叔拍拍掌，打破沉默說：「其實你們走到這一步已不簡單，很了不起。大家已是中年人，我也不說逗小孩的假話。雖然比賽一刻未完，我們也不應服輸，但事實上我們跟對手的實力相差太過懸殊，所以下半場我們先穩住防守，因為預計對方以為勝券在握，會減慢節奏。元峰和阿強不妨多利用速度和體格上的優勢，爭取罰球，到時便可以利用我們練習過的死球戰術，力求破蛋！」

眾人唯唯諾諾的點頭，認為在這強弱懸殊的戰況中，這的確是沒辦法之中的辦法。

「喂！怎麼上半場你們踢得這麼沒精打采？」

就在眾人繼續閉目養神，等待下半場繼續被年輕的對手宰割之際，更衣室門外突傳來一把聲音，大家齊聲喊道：「大頭妹？」

「媽，你在搞什麼？」元峰見自己的母親額上圍上「必勝」二字的頭巾，還揹上一幅同樣寫着「必勝」、但有點發黃的大旗幡，一身打扮叫人摸不着頭腦。

但泰萊卻驚喜說：「妹，這張旗幡很眼熟，是讀書時你給志偉打氣的那面嗎？」

「是，但我澄清，當年不只為志偉打氣，也為南角隊打氣！」她頓了頓說：「說回正經事，為何上半場打得那麼差？」

「媽，其實大家都已經盡了全力，對方是雲集全港20 歲以下的香港精英，上半場我們只落後三球，已經是好運或人家腳下留情了。」元峰搭着媽媽的肩膀哄着說。

「對呀 Auntie，我覺得這班大叔已經很了不起，我阿爸跟他們的年紀差不多，但連追巴士也氣喘。」阿強也為這班老隊友說項。

估不到這些話絲毫安撫不了大頭妹的不滿，她甩開了元峰的雙臂說：「你別替他們找藉口了，其他人我不清楚，但我肯定你爸爸一定未盡全力！」

「我？」志偉指着自己的鼻子，一臉無辜。

「如果你真的全情投入比賽，你的樣子不是這樣的！」

「那麼會怎樣？」

「會變回中學時代的樣子。」

雖然元峰在之前已聽媽媽說過這荒唐的「見證」，但他仍禁不住洩出一聲冷笑：「不是嘛，又說這件你幻想出來的事？」

「笑什麼？我見過！我見過，我真的見過！」這刻她大發嬌嗔的模樣，倒也真的像年輕時的大頭妹。

看到大家狐疑的眼神，大頭妹不減堅定的說：「志偉，我真的看過，你記得去年有天我跟你經過球場，有班少年在踢球，皮球剛好滾到你腳邊，當時你不知哪裏來的興致，盤扭過來拾球的一個少年，才大腳把球射回給他們。那短短的兩三秒是我永遠也沒法忘記的奇蹟，因為我見到你變回中學時代的志偉，是真的連樣子也變回十多歲時的模樣！」

她索性站在更衣室的長凳上喊：「不只是志偉，你們都一樣，就像一頭長年被飼養在動物園的美洲豹，有天終於被放回大自然這個本屬於自己的世界。嘴巴的獠牙明明鋒利，雙腿仍然有力，卻因為見到一些看似比自己更強壯的動物，便慨嘆牙齒不夠老虎鋒利，身體不夠獅子強壯，畏首畏尾，連與牠們競逐獵物的勇氣也沒有！別老是說自己年紀大沒勝算，當年你們代表香港學界參加高菲亞盃時，迎戰德國的史奈達、巴西的辛坦拿，還有阿根廷的迪亞斯這些強大的對手，何嘗不是沒有勝算？你們最終贏出，只是好彩，是奇蹟！但當年你們配得這種運氣，因為你們敢於放手一搏，矢志要擊倒巨人！今天呢？你們卻在慨嘆時不予我，那麼即使運氣就在面前，你們也把握不到！」

4. Magic Moment

再次踏進球場，元峰見父親若有所思，便搭着他說：「別介意媽媽的說話，畢竟她未曾當過足球員，不知道年齡真是一個大問題，而且對手還是 20 歲以下的足球精英！以為只有像卡通片中口裏喊着堅持，就可以將不可

能變成可能？太超現實了。」

「你媽媽說得沒錯，原來一直以來，我的心底裏也不相信會有奇蹟，自然也沒有因為要創造奇蹟而有放手一搏的決心……」志偉有點歉疚。

「這有什麼問題？你們這個年紀務實一點十分正常，難道妄想有奇蹟才算是青春？」元峰並非不相信奇蹟，只是他認為要戰勝 U20 根本是妄想，只道：「總之別想那麼多，剩下的半場，全力作戰，如果戰況許可，我、阿強和國培會嘗試爭取破蛋機會，若能追回一兩球，肯定能成為明天體育版的頭條，這也算是創造奇蹟呢！」

志偉顯然全沒把元峰的作戰目標聽進耳中，口中唸唸有詞說：「沒錯，我已經錯失了二十多年，遺憾了大半生，我怎可能再渾噩虛度這僅餘的下半場？」

球賽再次展開，不知是出於已經勝券在握還是出於敬老，U20 並沒有像上半場般採取壓逼性的踢法，而是不斷以橫傳來消磨對方的時間和意志。年少氣盛的阿強當然受不了這種球場上的「拉布」，立時衝前嘗試搶截，卻旋即成為「馬騮搶球」中的那頭猴子，被玩弄得在場上團團轉——然而就在此時，不知何處跑出了一個穿着RJ12球衣的陌生少年，加入戰團為阿強助戰。他如鬼魅般竄到文豪的身後，從他胯下輕輕以鞋底搓走了對方的腳下球，8號和方亭雙雙從左右包抄，但陌生少年竟如漫畫中的情節般，以後跟勾起皮球越過對方，自己則強行在二人中間穿越。馬基攔腰殺出，但陌生少年不閃不躲，而是想也不想便像位芭蕾舞者般拉起後腿。

「什麼？這麼遠距離便想射門！」馬基雖然覺得難以置信，但反而放心不少，因為這裏距離球門至少四十多碼，即使是世界級球員，也沒有多少個能夠在這距離取得入球，更何況只是一名不知名的業餘球員？

「去吧！」陌生少年大腳一蹴，皮球卻如火箭發射般直飛上天——「嘿！還以為他有多厲害，射門竟如此不準。」馬基望着皮球，心裏暗喜，但嘴角的笑容卻隨着球兒的去勢而消褪，最後竟對着自家的球門驚叫起來：「小心！這球的曲墜力很強！」

「嘿！你未免太杞人——」但當U20門將見到皮球如殞石般往龍門口墜落，卻發覺已不及使喚雙腿，眼巴

巴看着球兒撞在門楣底後落在白界線上再彈到門楣底並往返彈動幾回……

觀眾席上四萬人同時發出震撼的歡呼聲——這完全是發自內心的驚嘆，而不是公式化的「罐頭」掌聲。

「哎呀！差點可以追回一球！」阿強抱頭惋惜續道：「但這個人究竟是誰？竟然穿上我們的球衣？盧比度叔叔從哪裏找到這厲害的傢伙？剛才那記射門簡直是神技！」

「雖然我也不知道他是誰，肯定是盧比度叔叔招來的秘密武器吧！」國培說。

就在二人你一言我一語之際，元峰卻呆呆的望着，不敢相信自己的眼睛，因為那個少年穿上的 10 號球衣，正是他爸爸穿的那件！元峰帶着滿腦問號，趨前問道：「你是誰？」

「傻的嗎！還問這白癡問題？快點回防吧！」那少年卻頭也不回跑到中圈追纏正控球在腳的方亭，留下仍呆呆地站着等待答案的元峰。

「可惡！是衝力射球……」元峰的耳邊突然傳來咬牙切齒的怨懟，他回頭一看，是邵志強，只見他緊握拳

頭，雙眼死盯着那陌生少年：「志偉到這個年紀居然還可以使出它？可惡……」

「什麼？」元峰吃這一驚，實在非同小可——因為他看到，邵志強竟也同樣變成一個十多歲的少年！

「是這樣了，就是這樣！當日我見到的那個年輕的志偉再次出現了！」大頭妹閃出亮晶晶的感動眼神，然後繼續晃動着旗幡大喊加油。

一直坐在身旁的雪儀驚訝的望着她問：「伯母，你說什麼？你說那個陌生少年……是志偉叔？」

「有什麼稀奇？」大頭妹淡淡說：「這就是年輕時的志偉了！你看，不只是他，邵志強也改變了……」

此時 U20 的馬基引球直搗健威守的龍門，他往右一瞟，健威以為他要把球分往右翼，身子卻不期然將重心往左方一靠，殊不知馬基連這微細的舉動也是虛招，他瞄到了球門漏出了一線空隙，正要起腳抽射之際，驚覺皮球竟被一條腿攔住，他一失重心便摔倒在地。馬基下意識立刻朝向球證討罰球，球證卻不斷招手叫他快點站起來，顯然這球是合法攔截。

「好波！邵志強！」離奇地變成少年模樣的志偉大喊一聲，挾着皮球的邵志強立時抬頭張望。眼見國培似是因為看到志偉和邵志強的變像而嚇呆了，元峰立時跑過去搭着他的肩頭說：「別理會這件怪事！現在最重要的是專注比賽！」

大概志偉也知道邵志強的踢球風格，所以並沒有向他要球，只是跟他保持一定距離，有需要時才支援。此時文豪和方亭已如「門神」般橫刀立馬擋在邵志強面前，而 9 號亦從後追上。眼下邵志強只有傳球給隊友一途，於是 11 號和 8 號亦守住了左右兩方，杜絕了他傳球給志偉和阿強的可能性。然而邵志強就像一輛制動失靈的車子，既不減速，亦不見閃躲，似是要在文豪和方亭之間硬闖過去。二人顯然也明白邵志強的用意，各自聳起一邊肩頭，站穩馬步，誓要來一次雄性的力量對決。但估不到邵志強與二人的肩頭觸碰一剎，便像保齡球把兩人如分瓶般撞開——結果又換來觀眾席上熱烈的掌聲。起初有零碎的聲音在高呼「RJ12」，後來其他觀眾亦逐漸加入，匯聚成一股如洶湧波濤的打氣聲。

「什麼？又不吹罰！」U20 的教練立刻從席上彈起來，向着場內的球證咆哮，然而在全場一片鋤強扶弱的聲勢中，自然得不到任何聲援。

眼看邵志強猶如一頭年輕力壯的猛虎，U20 的 5、6 號、11 號，還有剛才被撞倒的文豪與方亭，立刻進行圍捕行動。但見邵志強勢如破竹正向禁區闖，考慮到若對方進入禁區後才犯規會輸掉 12 碼球，文豪使勁的拉着他的衣尾，結果「裂」的一聲把球衣扯出一個大洞——

「怎麼可能！這頭是犀牛嗎？」文豪忍不住悶哼起來，因為他明明不惜一切以礙眼的犯規動作阻止邵志強前進，還把他的球衣硬生生扯爛，但對方不但沒有倒下，甚至連步伐也沒有減慢！至於 5 號和 6 號亦趁邵志強快要踏進禁區前又拉又推，而球證亦把哨子叼在嘴邊，一旦他倒地時便立時吹停賽事。

可是，邵志強始終沒有倒下，還拉起右腿準備施射：「猛．虎．射——」

「攔下他！」門將 1 號大喝一聲，眾隊友立時搶站在邵志強前面，別過臉獻出臀部和背部，希望以身體擋住這記抽射。

「——球！」射門的球重重打在5號的背部，對方隨即應聲倒地，皮球則原地彈高，邵志強立時衝前搶頂。

6號暗忖：「沒那麼容易！」並死命擯着他，而1號亦同時棄關，希望藉6號這屏障搶先一步打走皮球。然而，邵志強大喝一聲，鼓盡餘勇，把自己的頸項伸展至極致，居然能先頂到皮球！

「糟糕！」1號和6號暗叫不妙，幸好回頭一看，見皮球去勢偏離球門，唯未能寬心，卻見志偉從右翼疾走，趁球兒快要滾出底線之際，索性臥地一鏟，把皮球送回中路，只惜門前沒人，掠門而過。

「可惜呀！」正當全場觀眾同聲一歎之際，泰萊突然從禁區角奔馳——「去吧！泰萊！讓我們再次發揮南角隊黃金組合的威力吧！」泰萊好像聽到了志偉的心聲，插水式飛頂，皮球如箭般應聲破網！

1：3，RJ12竟然可以在U20身上取得入球！

看着志偉和泰萊摟着坐在地上的邵志強，元峰腦海浮現的問號更多：怎麼父親和舅父會變回少年人的模樣？

反而剛才回春的邵志強，霎時又變回原來的大叔樣。

「好波，邵志強，這球你的功勞最大！」志偉說。

「當然啦！我並不是浪得虛名的！」邵志強像強忍着說：「只是往後的時間要交給你們了……」

「為什麼？」元峰問。

「體能耗盡，抽筋。」果然邵志強雙腿肌肉抽搐得像不規則的石塊。

「交給我們吧！」泰萊拍拍胸口說，隨即朝向場邊向盧比度叔叔做出換人手勢。

「可惡，我始終無法以入球證明我的『猛虎射球』的威力。」邵志強心有不甘。

「你錯了！」志偉說：「大家已親眼見到『猛虎射球』的威力……你看，剛才中了你那記射球的5號，現在還在接受救傷隊的治療。」邵志強一看，果然見到5號如斷線的木偶靠在救傷隊成員的身上。

邵志強一笑，說：「志偉、泰萊，為何你倆的樣子好像年輕了許多？是因為我體力耗盡後的幻覺嗎？」

「有這回事嗎？」二人異口同聲：「不過剛才我也有

錯覺，像見回東方學院時代的你呢！」

「哈！那也不錯，雖然只是短短幾分鐘，但總算也是回到從前我最緬懷的日子……」邵志強按着志偉和泰萊的肩膀撐起身子，一拐一拐的步出球場之際，突然回頭過來說：「大頭妹說得不錯！不盡全力放手一搏，即使好運就在我們跟前，自己也把握不到！比賽還未完，大家要像我一樣消耗掉所有體力才好離開這裏！」

盧比度叔叔見邵志強緩緩的走過來，便問正在旁邊壓腿的和富：「你預備好入替沒有？」

「我準備好了，我早就已經準備好了！」耳邊傳來卻是一把少年人的聲音，盧比度叔叔一怔，回頭看又確是和富，但不知怎的他看起來像個十多歲的男孩。只是刻下時間有限加上球隊仍落後，他根本沒空細想這樁怪事，便道：「和富，待會你代替葵新悟打左翼，而他則轉任前鋒，與泰萊組成雙箭頭吧！」

「好呀！」聽着和富這把突然變得像陽光男孩的聲音，盧比度叔叔竟也覺得自己剎那間回到對足球仍有理想的美好舊日子。

「進攻吧！」和富一踏進球場，便成功在中圈附近飛鏟截得 8 號的腳下球，並第一時間將皮球踢向左前場——「哎呀！你交予右前場阿強或者他還可追上，但踢向左方又有誰去追到呢？」元峰暗歎和富這次傳球失當之際，卻見到葵新悟正與 U20 的文豪肩並肩地追趕皮球。文豪畢竟年輕得多兼腿較長，搶先以腳面黏下皮球，但在力逼下卻無法控穩，反被葵新悟以右踝一扣盜走控球權。自覺輸掉面子的文豪哪肯放過他？死命的把葵新悟逼向角球旗，葵新悟索性拉開了二人的距離，在角球旗附近轉為正面的對峙——葵新悟的左邊已是底線，所以文豪估計對手只有往右帶的一途，果然他突然發難以外踝往右一拐，文豪自然稍移重心要封着對方的路線。估不到葵新悟見狀立時以內踝一扣捉對手錯腳——

「嘿！沒用的，你這樣必出底線！」

正當文豪以為可幸災樂禍之際，原來葵新悟卻跟自己的左內踝「做撞牆」，皮球竟沿着底線往前滾動。葵新悟身子往左一傾，就在文豪和底線之間的僅有空隙直接穿過去！

「是直角假身！是直角假身！葵新悟也使出了他兒時的絕招！」在後備席的林源生忍不住彈起來叫喊。

門將1號立時棄關撲出，而葵新悟亦靈巧地將皮球撥給從後殺上、面對偌大空門的志偉。「想入球？沒那麼容易！」正當志偉準備射門之際，U20一對中堅從左右兩旁鏟出，志偉竟在觸球的一剎，硬生生卸去所有力量，輕輕往球面一搓，讓二人的飛鏟頓時撞成一塊後，才輕易將球掃入空門。

「戴志偉！入球者是戴志偉，為RJ12追成2：3！」只在介紹雙方陣容時才出聲的主持，這刻竟透過米高峰高呼起來！同時觀眾席上亦發出如虎嘯的歡呼聲，令人誤以為這是世界杯決賽。

「不要慌張！穩住陣腳，如果連業餘大叔也鬥不過，你們不如轉行好了！」U20的教練見球隊在下半場連失兩球，忍不住咆哮起來。

這當頭棒喝果然奏效，U20眾將總算定神過來，方亭和馬基一輪「撞牆」短傳後，突破了志偉和元峰的圍堵，闖到禁區邊緣。

「你們個個也有表演機會，怎少得我！」德仔使出小時候常用的防守技術，以滑行式飛鏟攔截，方亭往左一拐便避開了。但德仔並沒有放棄，他右腿一蹬，以臀部為中軸，使出一招掃堂腿，方亭不虞有此一着，竟被德仔的腳尖碰掉了球，可惜仍被馬基搶前截回皮球，並順勢彎球入禁區。9 號在十二碼點迎頭一頂，卻驚覺面前被一座大山活活堵死了，正是高真五！ 9 號頭頂腳踢連番施射，均無法逾越。

「既然如此，我也沒法不使出這陰險招！」9 號心裏默念，再次起腳猛抽，皮球重重擊中了高真五身上的「宗祠」！

響徹球場的撞擊聲，加上在鏡頭的特寫捕捉下，四萬名球迷彷彿能切膚感受到高真五這「男人最痛」，場內所有男球迷無一不禁悶哼一聲「哎喲」。從高真五五官不由自主的顫動，可見劇痛正震撼全身，但他依然像個戰場上的不倒英魂，即使戰死了，身體依然僵直地屹立，永遠守護着自己的領土。

「機會來了！」9號截回反彈的皮球橫撥，後上的馬基咬緊牙關奮力一蹴，球兒即朝向右方死角直飆。

「可惡！趕不及了！」健威使勁一蹬往左一撲，卻發現自己根本無法觸及皮球，正感到絕望之際，已化成「英雄紀念碑」般的高真五突然橫身倒下！又是「啪」的一聲巨響，他面龐剛好擋住了來球！

「高真五！」隊友們無不大喊他的名字，就像動漫裏的角色看到同伴自我犧牲的相同反應——儘管受到重擊已寸步難移，但他竟想到推倒自己這座大山來擋住這必入球！被惹毛了的馬基衝前，大喝一聲「死吧！」再次狠狠踢向皮球，他彷彿不只要入球，更似要置健威於死地。或者因為距離實在太近，健威根本沒有接球的意識，只是順着條件反射亮出手刀一揮，居然成功擊走皮球，還重重打在馬基的臉上！然而健威未及竊笑，卻發現危機並沒有解除，因皮球擊中馬基的臉龐後，竟朝向另一端死角彈過去！

「沒有了，健威已經失位，這球肯定救不了！」良仔心裏暗忖。

但另一邊廂，健威心裏亦盤算着：「大家這麼努力地死守，若果我不能夠守住這大門，豈不是辜負了各位？」健威撐起身體，雙腿如彈簧般將體內所有勁兒凝聚起來，使勁一蹬，在陽光的映照下，猶如神貓高高躍起——

「什麼？」良仔頓時語塞：「竟然……竟然連健威也回復了少年時的模樣？」這刻健威像懂得在空中滑行似的，竟還有餘裕在皮球越過白界前，奮力甩出手刀，把球擊飛出邊線！

RJ12 玩命式的死守，令全場四萬觀眾感動淚崩，不少更像聽罷歌劇後站立拍掌大喊「Bravo」。志偉等像勝出了球賽般摟着健威和高真五，德仔朝向場邊跟盧比度叔叔做手勢示意換走已動彈不得的高真五，但估不到健威也說：「叫林源生入替吧！」

「為什麼叫他入替？你現在狀態正佳呢！」良好驚訝問道。

「嘿，如果可以的話，我也不想讓出自己的位置！」健威突然摸摸自己的右腿，遠遠的望着一直在後備席上蠢蠢欲動的林源生說：「只是剛才那記撲救，我已拉傷了大腿肌肉……快點叫他準備吧！我相信這傢伙已經預備好，繼續守護着 RJ12 這邊的大門！」

林源生似乎也看懂了健威的意思，套上手套，十指扣起一握，稍稍撥弄頭上的鴨舌帽，便望着盧比度叔叔咧出自信的笑容說：「我已經準備好了！」

盧比度叔叔同樣回以一個微笑：「林源生、政富，你倆入替吧！要謹記我們已用盡了換人名額了，若果再有人受傷或耗盡氣力，就會少一個人應戰，小心點吧！」

完成換人後，U20 開出界外球，11 號便趁 RJ12 少了高真五這大塊頭中堅，便立刻彎出傳中球，正當攻防兩方球員在禁區內騷動之際，林源生大喝一聲，然後在人叢中高高躍起，擒下了這記傳中球——

「去吧！」他奮力把球往前一扔，幾乎到中圈才落地，此時阿強像街市中的一隻老鼠，截到皮球後亡命狂奔，元峰和國培隨即跟上助攻。

「守住他！」方亭大喝一聲，17 號和入替了 5 號的

11 號頓時前後夾攻追上去，但阿強就在二人快到之前，突以腳跟撞給後上的元峰，然後又逕自往前疾走。或者因為剛才一段攻防戰過於激烈，志偉等眾「足球老將」的能量已消耗得七七八八，故此 RJ12 中除了阿強、元峰和國培外，其他人根本未及回氣參與這次快速反擊。控球在腳的元峰一瞟大鐘，發覺球賽只餘下不足三分鐘便道：「可惡！時間只剩下這麼少，若這次進攻不奏效，我們就會輸掉這場賽事！可是這次反擊只有我們三人參與，人手實在不夠；只是若等父親他們上前，恐怕對方 11 人已經回守門前了！」就在元峰思前想後之際，方亭突然從後壓迫，幸好元峰的力氣比他大，連番的身體碰撞後，方亭始終無法搶到球。

「怎麼辦呢？我該怎辦呢？」此時元峰赫見阿強已經身陷在敵陣禁區內，阿強不斷向元峰使眼色，而此時 U20 的多名球員已從四方八面掩至，根本不容他猶豫片刻——

「射吧！沒時間了！用你們的絕招吧！」國培大聲咆哮，此時元峰閉塞的腦袋才意會阿強使眼色的用意，就是為了追成平手，準備犧牲自己助元峰使出一招「傷人七百，自損一千」的「裂蹴折射」！

元峰望望遠處的阿強，只見他眼神堅定，一臉從容就義的氣概，竟令元峰感動得幾乎催出眼淚。他心裏默念着：「果然是我的好戰友！為了成全你的遺志，我一定會用盡全力，即使將你射昏厥，也要進球！」

阿強大概也知道元峰這份可怕的決心，只是閉上眼、別過臉，像等待行刑的死囚。

「去吧！」元峰一聲怒吼，皮球便如裝上引擎般亢進，「轟隆」的一聲響，重重打在阿強身上。U20 眾將見到對方這次絕地反擊竟落得擊中隊友收場，均忍俊不禁。受到這記重擊的阿強，勉力撐着身軀暫時不倒，利用自己的身體改變彈道，令本來直飛出底線的皮球，改變成往球門的死角彈過去！

「什麼！」門將 1 號大驚，已立時橫身撲過去 ，但估不到皮球擊中阿強後，去勢仍如此急勁，他只能眼白白目送它彈向網窩！

可是……

「呯」的一聲，皮球卻被門柱頂住了！更不幸的是還要反彈到 17 號的面前！對方想也不想便把它踢走——

「完了……」眼看皮球劃破長空，並拋物線墜向正在中圈等待來球的馬基時，阿強有種死不瞑目的絕望，而剛才已拚盡最後一口氣並已坐在後備席上的健威和邵志強等人，看到球證執起掛在胸前的哨子，大概準備吹響完場的哨子聲，亦不住的搖頭，無奈下也只好接受自己根本無法逆天的事實……

「比賽還未完！不要放棄！」此時志偉如犀牛般衝過來，沉厚而急速的腳步聲令馬基稍一分心，快要落在自己跟前的皮球竟在瞬間消失了！

「好快！怎可能到這時候還有如此驚人的爆發力？」馬基被志偉盜走了球後，雖然一直在身後緊纏騷擾，但志偉竟像絲毫不受影響，一輪磨蹭下，馬基還被撞倒在地上！「只要多捱 30 秒，我們就可以拿下比賽！」文豪憋住勁橫身飛鏟，疾走中的志偉竟輕輕把球挑起，然後再瀟灑地躍過文豪的身軀，方亭立時補上頂住去路，志偉輕輕一晃，又輕鬆甩開了他。此時觀眾席上亦竊竊私語起來，恥笑方亭明知對方作出最後反撲，竟仍然如雪糕筒般輕易被對手擺脫——

「真可怕！這個人究竟是誰？方亭明明上身用肩頭抵住他，卻在快要觸碰到的一剎輕輕被他晃開；還有下路亦不斷探腿挑撥他的腳下，但每次明明眼見要得手之際，對方也有辦法保護着皮球，而且絲毫沒有減慢奔跑的速度！他不是一個尋常的業餘選手嗎？怎麼我好像沒有在香港遇到一個技術比這個人更厲害的傢伙？」馬基心裏不斷在分析志偉的動作。

「射吧！射吧！射吧……」或者因為看過之前志偉那記威力十足的衝力射球，全場四萬名觀眾幾乎無一例外鼓勵他再次施展這絕技。由於秒針已一步一步走向終點，即使還在離門 50 碼，志偉已高高的拉起右腿，默念着:「衝——力——」，便抽射出一條又高又遠的拋物線。

「元峰，靠你了！」志偉踢出皮球後，雙腿僵直，不聽使喚，重重倒地。正當全場也屏息以待，看看會否打進網窩之際，元峰卻突然朝向皮球的落點直奔，而隨着球兒如殞石般快要墜落到地面之際，本來凝神準備接球的門將 1 號，才發現情勢不對，高呼：「他不是射門！只是傳球！」然後指着元峰說：「防住他！」

一方面，17 號和 12 號亦朝向皮球的落點一湧而上，希望在元峰趕到之前頂走皮球；另一方面，剛在元峰身旁的 8 號和 11 號立時追着他，伺機從後夾擊。

「嗶嗟！」元峰以一聲李小龍式的嘶叫為自己提氣，8 號和 11 號即使奮力地拉着他的球衣，仍阻止不了他衝前起跳。元峰高高躍起，同時 17 號和 12 號亦跳起迎頂，三人竟呈品字形同時頂皮球！剎那間在空中較勁。

「什麼？難道元峰想創出『衝力頭槌』？把對手擠開之餘還可以頂球進網？」坐在後備席上的健威驚呼道。

「這未免比漫畫更神化吧？」邵志強狐疑道。

「嘿！有什麼出奇？」高真五說：「當年邵志強你的『猛虎射球』，還有健威你的空手道救球不夠神化嗎？年輕人就是敢於挑戰不可能才算是年輕嘛！」

二人被高真五這番話嗆得無話可說，回過神來已見元峰在這場「以一敵二」的空中頭槌角力中佔了上風，他大喝一聲，頸項的青筋迸裂，一股不知從哪裏湧出來的勁力，竟然隔着皮球硬生生同時將 17 號和 12 號頂得人仰馬翻！

「我在看漫畫嗎？怎可能會有這樣的霸氣！」17 號栽倒在地下的一剎，仍無法相信當下所經歷的事情。1 號奮不顧身，呈大字形攔在門前，但此刻元峰根本已成了一頭殺紅了眼的野獸，像要吞噬一切所有擋在他前路的東西。他踏前一步奮力狂抽，大喊一聲「死吧」後，突然 1 號感受到一陣陰風掠過，同時皮球亦在眼前消失了！一種莫名的恐懼卻在剎那間緊緊籠罩着他，使他動彈不得，當 1 號再次見到皮球的時候，已是從他身後的網窩反彈出來……

此時場內掌聲雷動，但奇怪的是元峰竟不是在慶祝，而是跟自己作了一個賠不是的手勢，1 號傻傻的問 6 號：「剛才怎麼了，我們輸了嗎？」

「你太幸運了……」6 號反而顯得驚魂未定：「剛才那炮彈僅僅在你的耳邊擦過，若果射中的話，你究竟何時醒來也說不準！」1 號意會到，6 號口中所說的「炮彈」，是元峰那記射門。

「我知道，難怪剛才有一剎我突然有種從沒有過的恐懼……」1 號這刻才泛起餘悸。

雖然追成 3：3 後球賽將進入加時，但泰萊等已摟着元峰狂賀，好像已經奪得冠軍般！

「我們拿下這場比賽吧！」元峰一聲怒吼，眾隊友亦亢奮叫好。所謂「一鼓作氣」，雖然加時還未展開，但誰也估算到，這場逆天之戰，勝利的天秤已向這班平均年齡逾四十歲的 RJ12 傾斜……

5. 不老的夢想

「這場賽事真令人回味！估不到我們在落後三球的情況下還可以追平！」泰萊呷下一口茶又說：「那班 U20 的小將賽後竟然爭着跟我們交換球衣，又不斷追問我們是否球壇名宿，哈哈……」不知是出於自豪，還是因為酒樓的環境太吵，泰萊愈說愈大聲，引來幾個正翻着報紙體育版的大叔叔偷偷瞟過來。

「唉！只可惜我們最後還是輸 3:5 呢！」松山嘆道。

「有什麼辦法？傳了最後那球後，我已雙腿抽筋至連稍為屈曲也不能，加上強仔也被元峰射昏，換人的名額卻用盡了……以寡敵眾下只是多輸兩球，已經非戰之罪了！」志偉夾起一顆燒賣往嘴裏送。

大家也沒有反駁，事實上志偉說的確是實情。邵志強望望手表說：「怎麼元峰他們這麼晚也沒來？畢竟這也算是慶功宴嘛！」

「沒辦法，新球季快要開鑼，現在已開始季前練習……」志偉解釋了一半：「咦！他們到了！」元峰、阿強和國培見到桌上放滿各式點心，便飛奔過來，扔下了背包後狼吞虎嚥起來。

「別吃得那麼急嘛，還有很多點心未到。」志偉說。

「沒時間了——」阿強嘴巴塞着大半個菜肉包道：「下午我和國培要參加 U20 的操練，在九龍仔公園，很遠呢！」

德仔樂乎乎說：「對了！差點忘記你們三人經過決賽

一戰後如願入選了U20……」話語未畢，阿強立即放下筷子，一臉得意地說：「不是三個，只有我和國培兩人，元峰這些超齡生物這一世也沒法入選U20的！」

「夠了！」元峰故作生氣把筷子拍在案頭：「真後悔決賽那記『裂蹴折射』沒出盡全力……」

「你還好意思說！」阿強吼道：「現在我的背部還一大片瘀青呢！」

邵志強拍了拍元峰的肩頭安慰說：「雖然入選不了U20，但不用洩氣呢，看你決賽的表現這麼勇猛，未來肯定大有前途！」

「噢！這個你又不用替元峰擔心。」阿強繼續嘴巴塞滿點心說：「原來當日我們的主教練也有入場觀戰，他說元峰這種近乎禽獸的踢法——」

「是野獸！不是禽獸！」元峰厲色更正。

「都差不多啦！」阿強繼續說：「總之教練說他擁有香港球員所沒有的衝刺力和霸氣，要把他栽培成『香港杜奧巴』呢！」

「這麼厲害？我早就知道我兒子一定可以在足球場上

踢出自己的天地！」志偉聽到元峰終於得到教練賞識，頓時笑逐顏開。元峰雖然被這樣的誇讚而弄得尷尬面紅，但看到父親滿足的笑容，自己亦有種說不出的快慰。

在把桌上的食物消滅近半後，元峰才驚覺原來盧比度叔叔還未到——

「自從比賽完結之後，我也沒有見到他了！」松山說。

元峰也搖搖頭說：「這幾天我也有到修頓球場，卻遇不上他……」

「你們不用擔心，因為早兩天我在港澳碼頭碰到盧比度叔叔，我已跟他說了今日會到這裏慶功，他說會到的。」邵志強說。

「港澳碼頭？他還有錢去澳門嗎？」泰萊狐疑道。

「他來了，直接問他吧！」德仔指向大門，見盧比度叔叔已經走進，只見他不再是一副潦倒相，而是架起茶色的眼鏡，臉上的鬍鬚和頭髮顯然也修剪過，稍作整理打扮後，竟有一點過氣的星味。邵志強打趣說：「嘩！你拍戲嗎？」但盧比度叔叔似乎沒聽進耳中，而是直接走到志偉的面前：

「志偉，一直也沒有勇氣正式跟你說對不起，當年我不得已地騙了你，沒有實踐帶你到巴西踢球的承諾。雖然當年無法帶你到聖保羅踢球，但今天如果帶你到士砵亭踢球，你又有沒有興趣？」

志偉滿腦問號，莫名其妙地說：「算了吧！我沒有怪你了，但剛才你說帶我到士砵亭踢球？你沒病嘛？」

儘管志偉一臉不屑，但元峰卻雀躍地追問：「什麼？士砵亭？葡萄牙的傳統勁旅竟然賞識爸爸？怎會有這等奇事？」

「唉，元峰你別聽他胡說吧！」志偉按着兒子的肩頭說。

「我沒有胡說！士砵亭真的相中了你！」盧比度叔叔提高嗓門說：「不過並非葡萄牙勁旅士砵亭，而是澳門士砵亭。他們在新球季回升到澳門甲組足球聯賽，還找我當教練。老闆看過決賽，說你雖然已經四十多歲，但覺得你的表現非常不可思議，所以想邀請你加盟，連球衣也準備好了！」說罷便從袋中取出了一件綠白橫間的簇新球衣，後面還燙上 Chi Wai 二字。

阿強毫不客氣搶過來端詳一回：「嘩！這真的和葡超士砵亭球衣很相似！志偉叔你很厲害，竟然連士砵亭也邀請你加盟。」

但志偉仍覺得難以置信，冷笑說：「這不可能吧！我已經 43 歲了，怎可能再當職業足球員？難道要我放棄現在的工作，全職到澳門踢球嗎？不可能了……」

盧比度叔叔連忙說：「這個你不用擔心，澳門的聯賽只屬業餘性質，只有少數是半職業，老闆說你可以禮拜五下班後或周末才到澳門練習。更難得的是，他覺得你的能力達職業級數，所以會給予你六千元車馬費，你是全隊最高薪的球員呢！」

元峰似乎比志偉更加興奮：「應承他吧！能夠効力士砵亭兼成為全隊最高薪的球員，光是說說也覺得威風吧！」

「對呀世伯，人家『日本國寶』三浦知良現年 48 歲仍在踢球，你 43 歲，至少還有五年球員生涯嘛！應承吧！」

盧比度叔叔見志偉還在猶豫，便跟他說：「再告訴你多一個不能拒絕的理由，為了迎接新球季開鑼，我們會拉隊到香港踢練習賽，其中一場正是對南華——亦即是說，你有機會跟自己的兒子元峰在球場上對決！怎樣？是否已沒有拒絕的理由？」

志偉接過了球衣，把它套在身上：「好像有點窄身，有沒有大碼？」

* * *

一個陽光猛毒的周六，在南華的訓練場上，除了雪儀、大頭妹和邵志強等人外，殘破的觀眾席上已沒有其他人。南華對澳門士砵亭，這場連一個體育記者也沒興趣採訪的練習賽，卻是志偉和元峰最期待的一場賽事。

哨子聲一響起，元峰便連人帶球將志偉剷倒——

「嘩！衰仔！阿爸第一場比賽也不留情？」志偉笑着罵道。

元峰也一怔，深怕會令父親受傷，但就這一剎的猶豫，志偉已經站起來並從後不動聲色暗暗一推，令元峰一個踉蹌的自己將皮球踢出邊線……

「嘩！很茅呀！」元峰抱怨道。

「嘿！上陣無父子嘛！」志偉道。

「喔！是嗎？」元峰突然搶在志偉跟前，截去了隊友傳給他的界外球。在陽光下，志偉一直追纏着元峰，然而究竟是志偉跟隨着元峰的步伐，還是元峰追逐志偉的腳蹤？似乎一點也不重要，重要是他倆都在各自的天地，追尋屬於自己的足球夢。

—— 完 ——

《GOAL！》

曠世少年奇才元峰，在萬千簇擁和寄望下，

明明努力向前，卻離成功愈來愈遠……

是命運對天才的妒忌與懲罰，還是置於絕處的磨練？

堅持，最後到底是會成功，抑或是浪費時間？

面對殘酷的現實，一腔熱血，連場死鬥！

對足球的激情與鬥志，今日火爆燃燒！